전략
삼국지
①

난세의 젊은 영웅들

SANGOKUSHI (1)

Text by MITAMURA, Nobuyuki, illustrations by WAKANA, Hitoshi +Ki

Text copyright © 2002 by MITAMURA, Nobuyuki

Illustrations copyright © 2002 by WAKANA, Hitoshi +Ki

First published in Japan in 2002 by Poplar Publishing Co., Ltd.

Korean edition copyright © 2005 by Sam Yang Media

Through PLS, Seoul. All rights reserved.

난세의 젊은 영웅들

나관중 원작 I 나채훈 · 미타무라 노부유키 평역 I 와카나 히토시 그림

삼양미디어

당시 지도

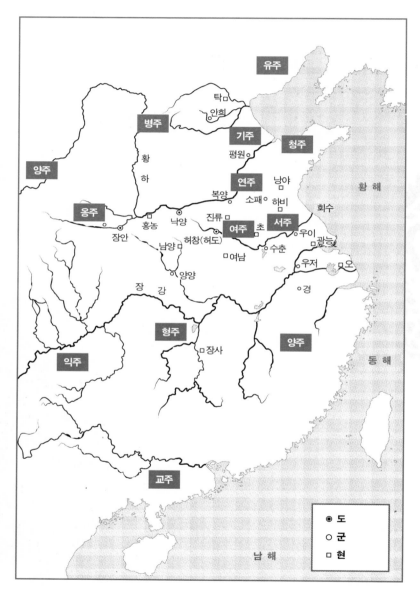

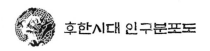

후한시대 인구분포도

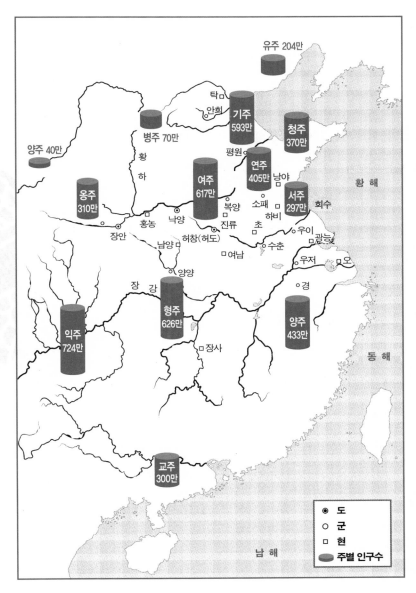

유주 204만

탁
안희

병주 70만

기주
593만

청주
370만

양주 40만

평원

연주
405만

낭야

황
하

여주
617만

옹주
310만

복양

서주
297만

회수

홍농

낙양

소패

하비

장안

진류

초

우이

광릉

남양

허창(허도)

여남

수춘

양양

우저

오

장 강

경

익주
724만

형주
626만

양주
433만

장사

동 해

황 해

교주
300만

● 도
○ 군
□ 현
■ 주별 인구수

남 해

5

 **추천의 글**

이 수 성(전 국무총리, 현 새마을운동중앙회장)

삼국지는 오랜 세월 동양의 고전으로 흥미진진한 영웅담으로 읽혀지면서 가장 인기 있는 역사소설이 되었고, 특히 사회적으로 어지러운 기류가 일어날 때는 인생의 지침서나 바른 처세의 교훈서로 각광을 받았습니다.

그 이유가 무엇일까요?

등장하는 수많은 인물들의 인간적 매력, 그리고 그들의 실패와 성공 뒤에 도사리고 있는 지모와 전략, 신의와 배신, 소용돌이치는 철저한 이기심과 당당한 대의의 마찰 등 장면마다 극적 현상들이 사람의 마음을 끌어당기기 때문일 것입니다.

관우의 신의와 장비의 무혼, 조자룡의 성심과 용맹, 제갈량의 신출귀몰한 지략, 조조의 현실지향적 사고와 간계, 유비의 장자다운 인간애에 매료당하는 이유도 있겠지요.

그러나 무엇보다도 중요한 것은 청소년 시절에 가져야 할 큰 꿈, 그리고 그것을 실현하는 능력과 기백에 대하여 옳고 그름을 판별하고 대의를 존중하며, 최대 다수의 최대 행복이 무엇인가를 숙고하게 해 주는 지침서이기 때문이라고 생각합니다.

이번 한일 양국의 협력 속에 발간되는 「전략 삼국지」는 21세기의 젊은이들이 반드시 읽어야 할 교양 필독서이자 장차 삶의 내용을 풍부하게 해 줄 인간 경영의 큰 틀을 보여 준다는 점에서 많은 분들의 사랑을 받을 것이라고 확신합니다.

흥미도 흥미지만 진지한 마음으로 수많은 인물들의 활약상을 음미해 보십시오.

시대는 바뀌어도 변하지 않는 것 ― 인간의 위대한 모습이 무엇인지를 독자에게 되새겨 주리라 믿습니다.

삼국지라는 역사 공간에서 민중과 지배자와의 관계가 어떻게 형성되어야 역사의 성공을 이룰 수 있는지를 살펴보고 우리의 현실을 어떻게 개척해 나갈 것인가도 생각해 보았으면 싶군요.

일독을 권하면서 독자들의 큰 성취를 기원합니다.

이 수 성

원래「삼국지」는 촉한 출신의 진(晉)나라 역사가였던 진수라는 분이 조조의 위나라, 유비의 촉한, 손권의 오나라 역사를 기록한 책입니다.

이 역사서의 큰 뼈대를 바탕으로 해서 재미있는 역사소설로 펴낸 것이「삼국연의」라는 나관중의 작품입니다. '연의'라는 말은 꾸며 쓴 이야기, 즉 소설을 말합니다.

결국 이 역사소설이 흥미가 진진하고 재미가 있어 널리 읽히게 되어「삼국지」라고 하면 나관중의 역사소설로 인식될 정도가 되었고, 요즈음「삼국지」라고 할 때 그것이 나관중의 작품이 되고 만 것입니다.

사실 역사서보다는 역사소설 쪽이 재미 이상의 교훈을 많이 담고 있고 등장하는 인물들에 대한 매력과 흥미를 잘 묘사하고 있지요.

예를 들면 천애고아가 된 제갈량이 용기를 잃지 않고 노력하여 뛰어난 전략가이자 명 정승이 되어 펼치는 기기묘묘한 계책이나 최선을 다해 임무를 완수하려는 정신, 그리고 세상에 대해 갖고 있는 올바른 사고방식이 있습니다.

그리고 도원결의에서 나타난 유비, 관우, 장비 삼형제의 신의와 의리, 목숨을 초개같이 여기면서 지키려 하는 무사정신은 우리의 심금을 울리지요. 꾀 많은 조조가 발휘하는 갖가지 모습 또한 어느 때는 무릎을 치게 하고, 어느 때는 탄식을 불러일으킵니다.

그래서「삼국지」는 이런 모습들을 다양하게 보여 주는 여러 작가들의 작품이 나왔고, 어린이를 위한 것은 물론 만화로도 많이 나와 널리 읽히게 되었습니다. 따라서 완역본을 바탕으로 한 소설이나, 계층에 알맞도록 재구성된 소설, 또는 만화가 나름대로의 특징으로 독자의 사랑을 받고 있는 것입니다.

어떤 작품이 정본(正本)이고 어떤 작품이 옳다든지 하는 의견도 더러 있습니다만, 그것은 큰 의미가 없고 오히려 작가 나름대로의 시각이 살아 있는 쪽에 의미를 두는 것이 좋으리라 생각됩니다.

이번에 펴내는 「전략 삼국지」는 도원결의에서 시작하여 오장원에서의 제갈량 죽음까지를 다루는데 제갈량의 활약 쪽에 무게를 두고 젊은이들이 읽기 쉽도록 했다는 데 특징을 주었습니다. 그리고 관우와 장비를 중심으로 보여 주는 의리와 신의를 보다 부각시켰습니다. 물론 원전에 바탕을 둔만큼 다른 삼국지와 크게 다르지는 않겠으나 풍부한 삽화와 관계되는 장면을 지도로 설명하며, 보충설명을 넣어 누구든지 읽고 재미를 느끼며 지혜와 용기, 지켜야 할 도리 같은 것을 배울 수 있었으면 하는 바람을 담았습니다. 많은 사랑과 이해를 부탁드립니다.

인천에서

평역자 나채훈 씀

 등장인물

유 비

전한(前漢) 경제의 후손.
유주의 탁현 고을에서 돗자리 장사를 하다가
관우와 장비를 만나 의형제를 맺고, 황건적 토벌에 나선다.
흐트러진 세상을 바로잡고 한나라의 부흥을 목표로 삼는다.

관 우

배 위까지 늘어진 멋진 수염을 갖고 있다.
무용이 뛰어나고 신의를 중히 여기는 용사.
장비와 함께 유비를 따르고, 항상 그 옆을 떠나지 않고
호위한다. 청룡언월도가 그의 상징적 무기.

장 비

장팔사모를 무기로 싸우는 맹장.
성미가 급해 화를 잘 내지만, 강직한 기질이어서
조금이라도 수틀리는 일은 딱 질색이다.
관우와 함께 유비를 따르지만, 술을 너무 좋아해 문제를
일으키는 일이 많았다.

조 운

유비의 동문 선배 공손찬의 휘하에 있다가 유비를 만나,
그 인품에 끌려 유비를 주군으로 모실 결심을 한다.

진 등

본래는 서주자사 도겸의 가신.
도겸이 죽은 뒤 유비를 섬기고, 다시 여포를 섬기지만
유비를 위해 행동한다.

손 건

서주에서 도겸을 모시다가 유비를 따르게 되고,
보좌역으로서 유비를 돕는다.
유비 진영의 대표적 외교관 노릇을 한다.

조 조

초군 태생. 꾀가 많고 결단력과 통솔력이 뛰어나다.
동탁을 타도하기 위해 의병을 일으켜 각지의 실력자를
연합군으로 조직한다. 그 뒤, 산동 지방에서 세력을 확장하고
있다가 천자를 영입하고 조정의 실권을 장악한다.

순 욱

조조 휘하의 재상이자 명참모.
조정을 도우라는 칙명을 받았을 때, 낙양으로 올라가
천자를 옹립하고 허도로 옮겨 천하를 호령하라고
조조에게 권했다.

11

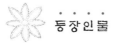 등장인물

정 욱

조조의 책사.
순욱과 함께 조조를 보좌하는 데 뛰어난 지략을
유감없이 발휘한다. 강직한 성품으로 유명하다.

하후돈

원래 조조의 사촌형제인 무장.
조조가 군사를 일으켰을 때부터 섬기고,
여포를 토벌할 때에는 화살에 맞은 왼쪽 눈을
눈알 채 뽑아 먹어 버려 독안장군이라 불리었다.

전 위

무장. 조조로부터 신망이 두터워 항상 그 곁에서
호위를 맡았던 친위대장이었으나 장수의 야습을 받아
조조를 구하기 위해 진문을 지키다가 전사했다.

손 견

강동의 손씨 군벌 창업자. 동탁을 타도하기 위한 연합군에 참
가했으나, 전국옥새를 손에 넣고 고향으로 돌아간다.
후에 유표와 싸우다 전사한다.

손 책

손견의 장남. 부친이 죽은 뒤, 원술의 휘하에서 성장하지만,
부친의 유품인 옥새와 교환 조건으로 원술한테
병력을 빌려 강동을 평정하고 세력을 넓혔다.
일명 소패왕.

주 유

손책의 친구. 강남땅 명문가의 후손으로 풍채도 좋고
재주도 뛰어난 호남아다.
원술에게서 독립한 손책을 도와 큰 공로를 세운다.
장소와 장광 두 사람을 참모로 초빙하도록 권한 장본인이다.

태사자

본래 유요의 부하였지만
손책과 단판 승부를 벌인 뒤 손책에게 생포되었고
그의 인품에 끌려 항복하고 손책을 섬긴다.

헌 제

영제의 아들. 영제가 죽은 뒤,
동탁의 흉계에 의해 형을 대신하여 제위에 오른다.
후한의 마지막 황제로 조조에 의탁한다.

동 탁

서량자사. 낙양으로 올라가 무력으로
조정의 실권을 장악한다. 잔인한 성격으로
조정 대신을 위시하여 백성들을 공포로 몰아넣다가
장안으로 천도한 후에 양아들 여포에게 죽임을 당한다.

여 포

천하 제일의 용자라고 일컬어지지만,
물욕이 강하고 욕심에 사로잡혀 양부 정원을 살해하고
동탁에게 붙는다. 그리고 왕윤의 음모에 의해 동탁도
죽여 버린다. 배신의 상징같은 인물. 결국 조조에 의해 죽는다.

왕 윤

조정의 대신.
동탁을 치려고 계획을 세워 마침내 성공한다.
그러나 이각과 곽사의 공격을 받아 뜻을 펼치지 못하고 죽는다.

초 선

왕윤의 양녀. 왕윤의 부탁을 받고 미인계로 동탁과 여포 사이
를 갈라놓아 여포로 하여금 동탁을 죽이게 한다.
나중에 여포의 첩이 된다.

이 각

동탁의 부하 무장.
동탁이 죽은 뒤, 장안으로 쳐들어가 곽사와 함께
조정의 실권을 장악하고 폭정을 계속한다.

곽 사

동탁의 부하 무장.
이각과 함께 권력을 나누어 갖고 위세를 떨치지만
사이가 나빠져 이각과 싸운다.

진 궁

동탁 암살에 실패하여 도망치는 조조를 도와주지만
조조의 냉혹한 성격을 알고 혼자 떠난다.
후에 여포의 참모가 되어 조조를 괴롭힌다.

공손찬

노식에게 공부한 유비의 동문 선배.
동탁을 타도하기 위한 연합군에 가담한다.
후에 원소와 기주 땅을 차지하기 위해 다툰다.

원 소

명문의 태생으로 동탁을 타도하기 위한 연합군의 맹주로
받들어지지만 통솔력이 결여되어 연합군은 붕괴한다.
후에 기주를 점령하여 본거지로 삼고 공손찬과 다툰다.

원 술

원소의 사촌동생.
손책으로부터 전국옥새를 손에 넣고 무모하게도
황제가 될 꿈을 꾼다.

1 난세의 젊은 영웅들

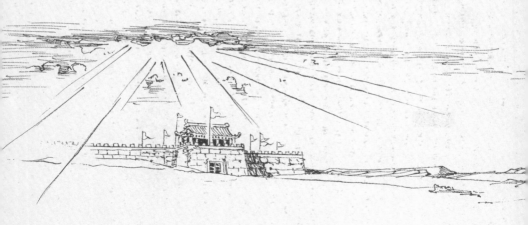

복숭아꽃 만발한 후원에서

1

지금으로부터 1,800여 년 전, 후한[*] 광화 7년(184년) 봄의 어느 날 오후.

유주 탁현고을(오늘의 베이징 부근)의 성문 근처에 있는 게시판 앞에 많은 사람들이 모여 웅성거리고 있었다.

"이건 또 무슨 수작이야?"

"세금을 더 바치라는 칙령인가?"

"아냐, 그렇지 않아."

"그럼, 뭔 말인가?"

"의병을 모집한다는군."

"의병이라고?"

"그래, 황건적과 싸울 병사를 모집한다는 호소문이야."

"황건적이 이쪽으로도 쳐들어오는 모양이지?"

와글와글 떠들어대고 있는 백성들 앞에 세워져 있는 큰 게시판에 는 다음과 같은 내용이 적혀 있었다.

우리 마을을 지킬 기백있는 용사를 모집한다.

요즘 황건 도적떼가 각지에서 일어나 함부로 사람을 죽이고 관청을 습 격하고 있다. 황건 도적떼의 습격을 받은 고을에서는 차마 눈뜨고 볼 수 없는 참상이 벌어지고 있다. 그 황건 도적떼가 우리 유주를 향해 오 고 있다. 얼마 뒤면 우리 고을에도 밀어닥칠 것이다. 우리 마을을 우리 들의 손으로 지켜야하지 않겠는가? 뜻이 있는 사람은 모두 의병대에 참 가하라!

-탁군태수 유언-

이 무렵, 전한과 후한을 합쳐 400년 가까이 계속되어 온 한나라 의 조정은 제대로 나라를 다스리지 못하고 있었다. 황제는 어리석었 고, 탐욕스런 간신배들이 조정의 실권을 장악하고 제멋대로 나랏일 을 처리하고 있었다.

후한(後漢)
진시황이 세운 진나라에 이어 중국을 통일한 전한(기원전 202~기원후 8년) 다음에 중국을 지배한 왕조(25년 ~220년)로, 위·오·촉 3국으로 분열되었다가 위나라에게 망함.

조정이 잘못한 일이 한두 가지가 아니었지만 가장 한심한 일은 벼슬자리를 돈받고 파는 일이었다. 돈을 내고 산 벼슬이니만큼 관리들은 본전 뽑기에 혈안이 되어 있었다. 때로 벼슬자리를 외상으로 팔기도 했다. 그때는 가격이 두배였다. 두배의 가격을 내야할 테니 백성들의 재산을 빼앗는 일은 비일비재했다.

이렇게 되고 보니 백성들은 아무리 열심히 농사를 짓고 일을 해도 대부분의 추수를 빼앗겼으므로 먹고 살기가 몹시 어려웠다. 거기다가 홍수나 가뭄 등 자연재해가 이상하게도 여러 해나 잇달아 굶주린 농민들이 더 이상 버티지 못하고 고향 땅을 떠나 유민(遊民)이 되어 방황하고 있었다. 나행초식(裸行草食 : 헐벗고 굶주린 나머지 초근목피로 연명함)의 무리가 산하를 떠돌았다는 것이 역사서에 기록되어 있을 정도로 심했다.

이런 때에 일어난 민중봉기가 황건의 반란이다.

지도자는 장각(張角)이라는 사람이었는데, 태평도(太平道＝신을 믿고 부적이나 물을 먹으면 무슨 병이든지 낫는다고 설법한 신흥 종교)라는 가르침을 퍼뜨려 수십만 명의 신자들을 모으고는,

"썩어 빠진 한나라의 세상은 끝났다. 이제부터는 우리들 태평도의 천하다!"

라고 외치며 조정에 대항하여 군사를 일으켰던 것이다.

반란의 무리는 황색 수건을 머리에 둘렀기 때문에 황건적(黃巾賊)이라고 불리웠다. 그들은 지방의 관아를 습격하여 불태워 버리고

관리들을 잡아 죽였으며 거역하는 자는 무참하게 살해했다. 굶주리며 산하를 떠돌던 농민들은 물론 불량배나 산적 무리들까지 앞을 다투어 황건 무리에 가담하여 반란은 들판의 불길처럼 거침없이 전국으로 퍼져 나갔다.

다급해진 조정은 관병을 파견하였으나, 황건 무리의 기세는 하늘을 찌를 듯하여 좀처럼 진압을 할 수가 없었다.

"결심했네. 나는 의용병에 응모하여 우리 고을을 지킬 걸세."

"이보게, 그만두라구. 목숨을 잃기가 십상일 테니까."

"그렇다고 이대로 날 잡아 잡수 하고 있을 수는 없잖은가."

"나는 황건적이 쳐들어오면 아예 보따리를 싸서 가족을 데리고 산으로 도망칠 걸세."

"어디로 도망을 치든 끝까지 쫓아올 걸."

"황건적 녀석들, 무엇 때문에 여기로 오는 거야. 부자들이 많이 사는 곳으로 쳐들어가면 좋을 텐데……."

제각기 한마디씩 하더니 이윽고 모여든 사람들이 게시판 앞에서 하나 둘씩 떠나갔다.

한 청년이 혼자 남았다. 돗자리 뭉치를 어깨에 둘러매고 옷차림은 누추했으나, 단정한 얼굴 모습에다 맑고 온화한 눈빛이었다. 평범한 장사꾼의 모습이 아닌 것이다. 무엇보다도 눈에 띄는 것은 큰 귀였다. 어깨에 닿을 정도로 귀가 크고 길게 늘어져 있었다.

청년의 이름은 유비(劉備). 성 밖의 누상촌에서 어머니와 함께 살고 있었다. 아버지는 어렸을 때 돌아가셨고, 짚신이나 돗자리를 만들어 팔아 살아가고 있었다.

오늘도 성안에 돗자리와 짚신을 팔러 왔다가 웅성거리는 사람들 틈에서 게시판을 본 것이다.

"드디어 황건적이 여기에도 쳐들어왔단 말이지?"

유비는 중얼거리면서 한숨을 내쉬었다.

'지금 몇백 명의 병사만 내 손안에 있어도 당장 놈들을 요절낼 수 있을 텐데…….'

유비는 '휴우' 하고 커다랗게 한숨을 내쉬며 게시판 앞을 떠났다. 그때였다.

"잠깐 기다리시오!"

하고 우레와 같은 목소리로 유비를 불러 세운 사람이 있었다.

뒤돌아보니 표범 같은 머리에 커다란 둥근 눈, 두툼한 뺨에서 턱까지 호랑이 수염을 기른 젊은 사내였다. 자못 무시무시해 보이는 호걸의 기상이었으나, 나이는 스물이 채 안 되어 보였다.

"무슨 일입니까?"

유비는 조용히 되물었다.

"당신, 그 게시판을 보고 아무 생각도 하지 않았소? 젊은이가 어찌 한숨만 내쉬는 거요?"

그 청년은 시비를 걸듯이 고함을 쳤다.

"아뇨, 황건적을 물리치고 백성들의 괴로움을 덜어주고 싶은 마음은 누구보다도 간절하지만, 지금의 나에게는 그럴 만한 힘이 없습니다. 그것이 답답해 나도 모르게 한숨이 새어나온 것입니다."

유비는 솔직하게 말하고 얼굴을 희미하게 붉혔다.

"흥, 전혀 겁쟁이만은 아닌 것 같구먼."

청년은 유비를 응시했다.

"그럴 마음이 있다면 나와 함께 의병에 가담하는 게 어떻겠소? 얼마간 쓸 돈도 마련되어 있는데……."

유비는 다소 의외의 제안이라 상대를 슬며시 관찰했다.

"그렇게 궁금해할 것까지는 없소."

청년은 희죽 웃었다.

"나는 함께 싸울 동료를 찾아 며칠 동안 성안을 돌아다녔소. 당신을 보는 순간 그 모습에서 무엇인가 뜻을 품고 있는 것이 틀림없다고 보았소. 그래서 말을 걸어 본 것이오."

"그렇습니까?"

청년의 솔직한 대답과 웃는 모습에 이끌려 유비는 자신도 모르게 고개를 끄덕였다.

"어떤 생각을 갖고 있는지 좀 자세히 들어 봅시다."

"그렇지, 그렇게 나와야지요."

청년은 몹시 기쁜 듯 손뼉까지 찰싹 하고 마주쳤다.

두 사람은 근처의 선술집으로 들어가 자리에 앉아 정식으로 통성명을 했다.

"내 이름은 장비(張飛), 자(字＝본명과는 별도로 성인이 되었을 때 붙이는 별명. 호칭으로 쓰인다)는 익덕(翼德)이라고 합니다. 선조 대대로 이 탁군에서 살아왔소. 술이나 돼지고기를 파는 장사를 하고 있지요. 그대는?"

"나는 유비*, 자는 현덕(玄德)입니다. 성 밖의 누상촌에 살고 있습니다. 짚신과 돗자리를 만들어 팔아 생계를 꾸리고 있지요. 하지만……."

유비는 거기서 잠시 입을 다물었다.

"왜 그러시오? 하지만 뭐가 어쨌다는 거요?"

장비라는 사내는 성미 급한 듯이 다음 말을 재촉했다. 유비는 큰 맘을 먹은 듯 말을 이었다.

"하지만 돗자리나 팔면서 평생을 살아갈 생각은 아닙니다. 나의 선조는 중산정왕(中山靖王＝중산은 지명이고 정왕은 왕의 이름) 유승이십니다."

즉, 유비는 한실(한나라의 황실)로 이어지는 혈통이었다.

"지금은 집안이 쇠락했으나 선조의 피가 내 몸 속에서 뜨겁게 흐르고 있습니다. 조금 전에 그대는 내가 어떤 뜻을 품고 있는 것 같다고 말했는데, 실은 흐트러진 지금의 세상을 바로 잡고 백성들의 괴로움을 구제하여 한조(한나라의 조정)를 옛날처럼 번성하도록 만드는 것이 나의 꿈이라고 할까, 진정한 소망입니다."

"흐음, 그렇습니까? 내가 짐작한 이상이군요. 지금까지 실례 많았습니다."

장비는 자세를 바로 하고 정중하게 머리를 숙였다.

그때, 한 사나이가 술집 안으로 성큼 들어오며 소리쳤다.

"이봐요, 주인장. 술 한근과 돼지고기 볶음을 안주로 가져오시오. 지금부터 황건적하고 한바탕 싸우러 갈 참이니 서두르시오."

유비와 장비가 고개를 돌려 바라보니 불그스레한 대춧빛 얼굴에 배 근처까지 늘어진 멋진 턱수염을 기른 거한으로 눈썹은 굵고 짙으며 입술은 연지를 바른 것 같고 길게 찢어진 눈에는 씩씩한 기개가 빛나고 있었다.

"저 사람, 보통내기는 아닌 것 같습니다."

"그렇군요. 황건적과 싸우러 간다니 이쪽으로 불러 얘기를 나눠 볼까요?"

유비와 장비가 속삭이고 나서, 사나이에게 자기네 자리로 합석을 권했다. 사나이는 즉각 자리를 옮겨 와서 통성명을 했다.

"나는 하동군 해량현 태생으로 이름은 관우(關羽), 자는 운장(雲長)이라고 합니다. 힘없는 백성들을 괴롭히는 고을의 관리 한 놈을 칼로 쳐 죽이고 각지를 흘러 다니다가 이 지방에서 황건적을

유비의 가계

연의에 등장하는 유비의 족보를 살펴보면 한(漢) 경제(景帝)의 19대 현손(玄孫)이 되나 삼국지 정사를 살펴보면 불분명해진다. 유비가 한왕조의 후손이었는지는 여러 풍파로 모호해진 나머지 추측만 할 수 있을 뿐이다. 유비가 한나라 황제의 후손이라는 것은 연의의 작가 나관중에 의해 지어진 이야기로 보여진다.

물리칠 의병을 모집한다기에 응모할 생각으로 찾아오는 길입니다. 당신들은?"

"사실은 우리도 황건적을 물리칠 의병을 일으키려고 얘기를 나누던 중입니다."

유비가 기꺼이 털어 놓자,

"그렇다면 동지로군요."

기다란 수염을 쓰다듬으며 관우가 대꾸했다.

세 사람은 술을 나누어 마시며 세상 돌아가는 형편과 자신의 뜻을 서로 털어놓았다. 한창 나이의 세 사람은 어느새 서로에게 마음이 끌리고 의기가 통하는 것을 느꼈다.

"아아, 유쾌하도다! 이처럼 신나는 술자리는 난생 처음이오!"

장비는 몹시 감격하여 유비와 관우의 어깨를 양팔로 끌어안고서 2차를 제안했다.

"그런데 우리 집 뒤뜰에는 지금 복숭아꽃이 만발하오. 분위기가 꽤 좋지요. 우리 세 사람이 한 잔 더 하면서 형제의 인연을 맺는 일을 상의해 보면 어떻겠습니까?"

"오오, 그것 참 좋은 생각이오."

"과연 명안이오."

유비와 관우는 장비의 제안에 두말없이 찬성했다.

2

이튿날 아침, 유비가 잠에서 깨어났을 때는 이미 해가 높이 떠올라 있었다. 일어나려고 하는데 문득 장비[*]의 팔이 자신의 목을 끌어안고, 관우의 다리가 배 위에 올라와 있음을 알았다.

'그랬구나. 그 다음에……'

유비는 생각이 났다. 어제 오후, 선술집에서 술을 한참 마신 뒤, 술이 충분치 못했던 장비는 두 사람을 자기 집으로 데리고 갔다. 세 사람은 밤이 깊도록 계속 술을 마시다가 한 침상에서 잠이 들어 버렸던 것이다. 유비는 장비의 손을 살그머니 치우고 관우의 다리를 조심스럽게 내려놓고는 자리에서 일어났다. 두 사람이 깨지 않도록 발소리를 죽여 방을 나와 집 뒤쪽으로 돌아가 보았다.

"오! 정말 멋진 풍경이구나!"

유비는 자신도 모르게 탄성을 지르며 눈을 크게 떴다. 눈 앞에는 햇빛에 반사되어 현란하게 빛나는 복숭아꽃이 만발한 도원이 펼쳐져 있었다.

그때였다.

장비정(張飛井)

정식 명칭은 한장환후고정(漢張桓侯古井)이다. 환후는 장비의 시호로 그는 원래 탁현에서 돼지고기를 파는 식품점을 운영했었다. 어느 날 한 덩어리의 고기를 우물속에 넣어두고 커다란 돌로 덮어두고서 '이 바위를 들어 옮기는 사람은 우물속에 있는 고기를 가져가도 좋다' 고 하자, 관우가 바위를 들고 고기를 꺼냈다고 전해진다. 현재 하북성 탁주시(북경에서 남쪽으로 150리 지점)에 유적이 있다.

"오늘은 좋은 날이 될 것 같네요."

유비가 돌아보니 관우가 웃는 얼굴로 서 있었다.

"아, 너무 과음을 한 모양이오."

하품을 하면서 뒤따라 나온 장비는,

"그래요, 오늘은 꽤나 좋은 날이 될 거요."

하면서 제사지낼 준비를 하자고 제안했다. 유비와 관우는 고개를 끄덕였다.

이윽고 복숭아꽃이 만발한 후원 마당에 제단이 만들어졌다. 세 사람은 향을 피운 후 제단 앞에 나란히 서서 맹세했다.*

"우리 유비, 관우, 장비 세 사람은 바로 지금부터 형제의 인연을 맺고, 괴로울 때에 함께 괴로워하고 즐거울 때에 함께 즐거워하고, 힘을 합쳐 고통 받는 백성들을 구하고, 평화로운 세상을 실현하기 위하여 노력하겠습니다. 태어난 것은 서로 달라도 죽을 때는 같은 해, 같은 달, 같은 날이 되게 하소서. 하늘의 신, 땅의 신이여. 우리들의 참마음을 굽어 살펴 주소서."

맹세가 끝나자 세 사람은 나이를 따져 유비를 큰 형, 관우를 작은 형, 장비를 동생으로 삼고 황실의 핏줄인 유비를 주공으로 모실 것을 정했다.

도원결의(桃園結義)

복숭아 꽃 만발한 정원에서 유비, 관우, 장비 세 사람이 의형제를 맺고 황건적 토벌에 나선 것을 말한다. 이어서 세 사람은 의병을 모아 이끌고 황건적 토벌에 가담하게 되었다. 당시 혼란한 세상에 이들 삼형제의 의리는 높이 평가되어 후세에 도원결의의 고사는 서로 믿고 의지하는 사나이들의 단결에 상징처럼 쓰여졌다.

"한꺼번에 두 형님이 생겼네요."

하고 장비가 기뻐하자,

"오늘부터 우리는 진정 새 삶을 시작하는 걸세."

하고 관우도 얼굴에 미소를 띠었다.

유비는 어제까지 생면부지의 세 사람이 이렇게 만나 의형제를 맺은 일에 운명적인 인연이 닿고 있음을 확실히 느끼고 있었다.

그날 오후부터 세 사람은 자신들과 행동을 함께 할 의병들을 모으러 다녔다. 소문을 듣고 젊은이들이 속속 장비의 집으로 모여들었다. 장비*가 면접관을 맡았다.

"자네는 무엇을 잘 할 수 있는가?"

"봉술이 특기입니다."

"좋다. 싸움터에서는 창을 쓰거라. 다음!"

"치고받는 싸움이라면 누구에게도 지지 않습니다."

"전투는 주먹싸움과 다르다. 목숨을 걸고 싸우는 것이다. 이 점을 잘 기억해 두어라. 다음!"

"계산이라면 빨리 하지요."

"좋다. 너는 회계를 담당한다. 다음!"

이런 식으로 그날 안에 7, 80명을 모았고, 3일도 채 안 되는 사이에 300명 정도가 모였다.

한편, 유비와 관우는 의병들에게 필요한 무기와 말을 사 모으는데 악전고투를 하고 있었다. 장비가 내놓은 돈에 유비가 저축한 약간의 돈과 관우의 모든 재산을 합쳐도 턱없이 모자랐다.

"이래 가지고는 제대로 된 준비를 할 수가 없네."

"어딘가에서 몰래 훔쳐올 수도 없는 일이고……."

골머리를 썩이고 있는데 하루는 한 젊은이가 솔깃한 이야기를 가지고 왔다. 두 명의 상인이 많은 말들을 끌고 북쪽에서 탁현고을로 향해 오고 있다는 것이었다.

"하늘의 도움이 틀림없다!"

유비는 즉각 관우와 함께 북문으로 달려갔다.

북문을 나서자 기다릴 것도 없이 상인 일행과 마주쳤다. 유비와 관우는 일행에게 다가갔다. 상인들은 경계하는 눈빛으로 두 사람을 바라봤다.

"수상한 사람이 아닙니다. 당신들에게 부탁하고 싶은 것이 있어 찾아왔습니다."

유비는 정중하게 인사를 하고 자신들의 뜻을 밝히며 부디 힘을 보태달라고 부탁했다.

"그렇습니까?"

장비는 서화(書畵)에 능했다?
삼국지나 연의에는 나오지 않으나 청나라 시대에 쓰여진 역사화징록(歷史畵徵錄)에 장비, 탁주사람 선화미인(善畵美人)'이라 쓰여진 기록이 있다. 탁주 고루의 북쪽 벽에 있는 〈여화낭랑보천도〉와 방수촌의 〈만불각 벽화〉는 장비가 그린 것으로 전해지고 있다.

유비의 얘기를 들은 상인들은 안심한 듯 표정이 밝아지더니 얼마 동안 서로 얘기를 나누고는 이윽고,

"기꺼이 힘이 되어 드리겠습니다."

하고는 이렇게 덧붙였다.

"사실 우리들은 말을 팔러 가다가 황건적 때문에 장사를 할 수가 없어 되돌아오는 길입니다. 당신들이 황건적을 물리쳐 주신다면 우리들도 안심하고 장사를 할 수 있을 것입니다."

상인들은 50필의 말과 500량의 돈, 그리고 1천근(斤=그 시대의 1근은 약 223그램)의 철을 기부해 주었다.

"고맙습니다. 반드시 황건적을 무찌르겠습니다."

유비와 관우는 장비를 불러 즉시 대장간으로 가서 유비는 두 개의 쌍고검, 관우는 무게 82근의 청룡언월도*(靑龍偃月刀=폭이 넓은 칼날이 붙은 손잡이가 긴 칼. 크게 휘어져 용이 새겨져 있다), 장비는 장팔사모(긴 자루 끝에 뱀처럼 구불구불한 칼끝이 달린 창)를 만들게 했다. 그리고 병사들의 무기와 갑옷, 투구도 장만케했다.

마침내 무장을 갖추고 의병들이 출발하는 날이 되었다.

유비는 어엿하게 갑옷을 입고 창을 든 의병을 좌우로 정렬시키고 말에 올라 쌍고검을 하나 빼들고 높이 치켜들었다.

"우리들은 이제부터 황건적을 토벌하러 간다. 명심할 것은 싸우는 목적이 고통받고 있는 백성을 구하고 흐트러진 세상을 바로 세우

는 데 있다. 약탈이나 사사로운 욕심은 결코 용서하지 않겠다. 군율을 지켜라. 우리가 의병(義兵)이라는 사실을 절대로 잊지 말라. 자, 출발!"

유비 곁에 있던 관우와 장비는 기쁜 얼굴로 서로를 바라보았다.

"드디어 기다리던 날이 왔군요. 관우형, 나는 이런 날을 오래전부터 손꼽아 기다렸다구요."

"나도 그랬다네."

두 사람의 눈빛은 공중에서 번쩍 부딪쳤다.

유비를 대장으로 하는 탁현고을의 의병대가 이윽고 태수가 있는 유주성으로 향했다. 도중에 여기저기에서 가담한 젊은이들이 꽤 있었기 때문에 도착했을 때는 그 수효가 500여 명으로 불어나 있었다.

"백성의 괴로움을 보다 못해 일어난 당신들이야말로 참다운 용사일세."

태수는 유비 일행을 맞이하면서 크게 기뻐했다.

5만의 황건 무리가 유주의 경계에 밀려 들어온 것은 그로부터

장팔사모, 청룡언월도, 방천화극

장팔사모, 청룡언월도, 방천화극은 삼국시대에는 없었던 무기다. 모두 1,000년이 지난 송나라 시대에 그 형태가 정립된 무기다. 따라서 장비의 장팔사모, 관우의 청룡언월도, 여포의 방천화극은 모두 후대에 나관중에 의해서 창작된 것으로 보여진다.

이틀 후였다. 유비의 의병대는 2천 명의 관병과 함께 그들이 진을 치고 있는 대흥산을 향해 나아갔다.

"형님, 우리들에게는 첫 싸움입니다. 선봉대가 되어 놈들을 무찔러 우리의 힘을 보여 주는 것이 어떻겠습니까?"

관우가 제안했다.

"음, 나도 그렇게 결심하고 있던 참일세."

유비는 고개를 끄덕이고는 관군 대장에게 가서 선봉대를 자원했다.

"그래, 자네들이 선봉이 되어 주겠다니 마음이 든든하네."

선봉대는 최일선의 적과 부딪치기 때문에 희생이 많다. 관군 대장이 마다할 리가 없었다.

500여 명의 의병대는 관병과 교대하여 선두에 나서자 기세있게 소리쳤다.

"황건의 조무래기들, 어서 덤벼 봐라!"

대흥산 기슭에 선봉으로 진을 치고 있던 황건의 소두목은 정원지라고 하는 자였다.

"웬 놈들이 이리 시끄럽게 떠드느냐?"

그는 다가오는 유비의 의병대를 바라보았다.

"관병이 아닌 걸 보니 시골 촌놈들을 여기저기서 끌어 모은 오합지졸이 아닌가?"

원래 도끼를 휘두르는 데 약간의 솜씨가 있는지라 정원지는 500여 명의 의용병을 보고 코웃음을 치며 100여 명의 부하를 거느리고 위세를 부리며 달려나왔다.

"야, 이놈들아! 오늘이 너희들 장례 치르는 날인 줄 알아라!"

한편, 의병대 선두에 있던 장비가 이를 보고 유비에게 말했다.

"형님, 제가 본때를 보여 주겠습니다."

"조심하면서 다루게나."

"염려는 붙들어 매십시오. 이 장팔사모로 단숨에 도적떼의 목을 날려 보내겠습니다."

말을 마치기도 전에 장비는 장팔사모를 꼬나쥐고 앞으로 달려나가더니 그야말로 전광석화처럼 정원지의 목을 뎅강 베어 버렸다. 그리고는 황건 무리들을 마구 무찔렀다.

"저런, 저런."

때마침 멀리 언덕 위 본진에서 이를 바라본 황건의 두목은 화가 치밀어 커다란 칼을 휘두르며 달려 내려왔다. 이를 본 관우가,

"네 놈이 갈 곳은 지옥뿐이다!"

하고 외치며 뛰쳐나가 청룡언월도를 한번 휘두르니 두목 역시 힘 한번 못 써보고 두 동강이가 나고 말았다.

두목과 부두목이 눈 깜짝할 사이에 죽자, 황건 무리는 싸울 기력을 잃었다. 의병대는 앞장서서 돌격했고 관병들도 신바람이 나서 뒤따라 총공격을 했다.

"와—와!"

의병과 관병을 합쳐 2천 5백 명밖에 되지 않았지만 기세가 오른 공격 앞에 지휘 체계가 무너진 5만의 황건 무리는 그야말로 가을 바람 앞에 낙엽 구르듯 죽고 도망치고 순식간에 거짓말처럼 붕괴되었다.

"첫 싸움부터 대승이군요."

관우는 기분이 좋은 듯 수염을 쓰다듬으며 자신만만해했다. 그러자 유비가 주의를 주었다.

"세상사는 장차 어찌될지 모르는 법. 병법에서 말하지 않던가. 교만이 최대의 적이라고……. 너무 자만하지 말게나."

'역시 대장감이야.'

관우는 진심으로 유비에게 고개를 숙였다.

"형님의 말씀, 영원히 가슴에 새기겠습니다."

그때 장비가 다가왔다.

"짜슥들, 한 방이면 끝날 것들이……."

장비가 득의양양해하며 가슴을 펴자,

"언제나 이런 식으로 되는 건 아니라네."

하고 관우는 쓴웃음을 지으며 조금 전에 유비가 했던 흉내를 내며 주의를 주었다.

그러나 장비는 기분이 좋아 연실 싱글벙글 웃기만 했다.

대승을 거두고 돌아오자, 관군 대장은 태수에게 의병대의 활약을 그대로 보고했다. 태수는 눈이 휘둥그레져 유비를 향해 거듭 치하하고 크게 잔치를 열어 대접했다.

그때 유주와 인접한 청주성에서 황건의 무리에게 포위되어 함락 위기에 있으니 구원군을 보내달라는 연락이 당도했다.

"청주성이라고 하면 제가 가겠습니다."

유비가 자원하고 나섰다.

"며칠 편히 쉬고 가야 하지 않겠소?"

태수가 안타깝다는 듯이 말했으나 유비는 의병대에게 출동 명령을 내렸다.

"구원을 기다리는 쪽은 일각이 여삼추*, 그야말로 목을 빼고 기다리지 않겠습니까? 내일 아침에 떠나겠습니다."

3

유비가 청주성 구원을 자원하고 나선 데는 뜻하는 바가 있기 때문이었다.

일각(一刻)이 여삼추(如三秋)
일각은 옛 시간의 단위로 한 시간의 4분의 1, 즉 15분이다. 여삼추는 목을 길게 빼고 애타게 기다릴 때는 짧은 시간도 3년 같다는 뜻으로 몹시 긴 시간처럼 느껴진다는 말이다. 결국 일각이 여삼추라는 것은 15분이 마치 3년처럼 느껴진다는 말.

✝ 황건기의(黃巾起義)

후한 말기에 이르러 환관들의 부패와 이에 따른 지방장관들의 수탈이 잇따르자 생존에 위협을 느낀 농민들이 점차 고향을 버리고 떠돌기 시작했다. 이때 장각이라는 인물이 태평교도들을 군사조직으로 개편하고 후한 왕조를 대신하는 새 왕조 건설을 부르짖으며 혁명의 깃발을 내걸었다.

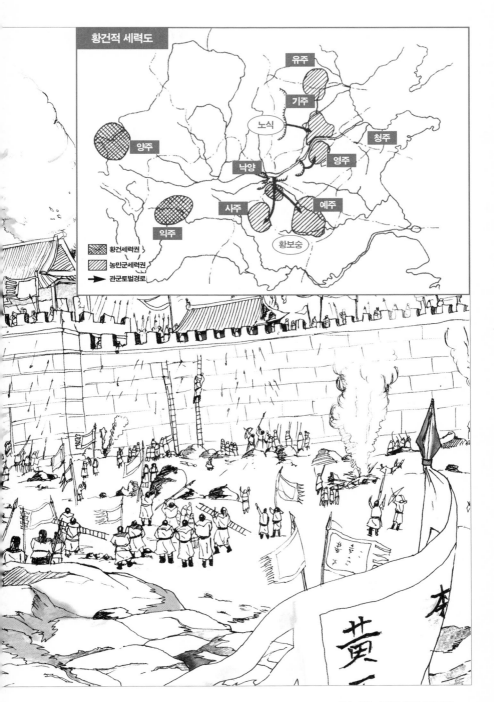

소년 시절, 유비는 노식이란 분에게서 학문을 배웠다. 강직한 대신이었던 노식은 간신배의 모함을 받아 벼슬을 잃고 탁군으로 낙향하여 서당을 열고 제자들을 받아들였던 것이다.

노식은 학문도 가르쳤으나, '대장부는 모름지기 큰 뜻을 품고, 세상을 향해 정정당당하게 외칠 줄 아는 기개가 있어야 한다.'고 항상 주장했었다.

따라서 유비의 인생관을 세워 준 스승이 바로 노식이었다. 바로 그 스승이 황건의 반란을 진압하기 위해 광종에 파견된 관군의 사령관이었다. 풍문으로 노식장군이 병력 부족으로 매우 힘든 싸움을 하고 있다는 소식을 들었다.

'스승님을 도와 반란의 무리를 무찌른다면 얼마나 좋은 일이란 말인가.'

유비는 청주성으로 달려가 서둘러 황건 무리를 무찌르고 광종으로 갈 생각이었던 것이다.

태수로부터 풍족하게 받은 보급품과 500여 관병을 합쳐 1천 명으로 불어난 병력을 거느리자 유비는 마치 날개라도 돋친 듯한 기분이었다.

그러나, 청주성을 얼마 앞두고 수많은 피난민 무리를 만나 청주성이 수만 명의 황건적에게 함락되었다는 말을 듣자, 유비는 곧 광종으로 방향을 바꾸었다.

의병대이니만큼 누구의 지시를 받을 필요가 없었다. 어디로 향하든 의병대의 뜻이었다. 또 유비로서는 적은 병력으로 청주성에 자리잡고 있는 황건 무리와 싸우기 어렵다는 한계를 의식하지 않을 수 없었다.

"뭐, 탁현의 유비라고. 벌써 늠름한 청년이 되었구나. 10여 년 만이니 그럴 만도 하구나."

노식장군은 의병대를 이끌고 자신을 도우러 온 유비의 두손을 잡고 기뻐 어찌할 바를 몰랐다.

"스승님께서 예전의 관직을 되찾으시고 나라를 위해 애쓰시니 제자로서 한량없이 기쁩니다."

"그래, 고맙구나. 그런데 이 두 청년은?"

"아참, 제가 깜빡했습니다."

유비는 서둘러 관우와 장비를 노식장군에게 소개하며 의형제 맺은 일을 자세히 고했다.

"허허, 정말 훌륭하이. 자네들 같은 젊은이가 있으니 장차 이 나라가 안심이 되네."

"과분하신 말씀입니다."

이렇게 해서 유비의 의병대는 노식장군 휘하의 관병과 함께 여러 번 싸움에 가담했다. 그런데 싸움이라고 해봐야 적당히 공격하다가 황건 무리가 달려들면 물러날 뿐 본격적인 접전은 이루어지지 않고 있었다.

"제기랄, 이게 뭐냐구. 좀이 쑤셔 죽겠구만. 장각인가 뭔가 하는 놈이 무서워서 그런 거야? 아니면……."

답답함을 느낀 장비가 불평을 늘어놓았다.

"장비야, 좀 가만히 있거라. 노식장군님께서는 무슨 작전이 있으신 거야."

관우가 유비의 눈치를 살피며 성질 급한 장비를 달랬다.

그러던 어느 날 노식장군이 유비 삼형제를 군막으로 불렀다.

"자네들 보기에 싸우는 것도 아니고 수비만 하는 것도 아니고 답답해 보이겠지. 하지만 사정이 있다네. 우리 관병 병력은 수효가 3만이라고는 하지만 실제로 전투를 할 만한 병력은 1만 명 정도밖에 안 된다네. 그런데 황건 적당은 총두목 장각의 본대라 무려 15만 명이 넘네. 아무리 오합지졸이라고들 하지만 저들은 수비하기에 유리한 산위에 진을 펼치고 있어 자칫 무리한 공격을 하다가는 우리의 희생이 너무 클 걸세. 그래서 나는 적당들의 식량이 바닥나기를 기다려 총공세를 취할 생각으로 간혹 공격하다가 후퇴하고 하면서 작전상 시간을 보내는 걸세. 따라서 이곳은 당분간 대치 상태가 계속될 터이니 자네들은 의병대를 이끌고 영천으로 가서 황보숭장군을 도와 싸우는 게 좋지 않을까 싶네."

"분부하시는 뜻이 그렇다면 제자는 따르겠습니다."

유비는 공손히 머리를 숙였다.

"오늘밤 뒷길로 빠져 영천으로 가게나. 그리고 내 휘하의 관군 1

천 명을 따로 붙여줄 테니 이제부터는 정식으로 의병대의 깃발을 사용하고 직함도 내걸게나."

노식장군은 황보숭장군에게 유비를 추천하는 서찰 한 통을 주고, 친히 의병대 깃발을 만들어 내주었다.

✝ 당시의 병사(보병의 모습)

황건의 기세는 꺾이고

1

그 무렵에 낙양의 조정에서는 한심한 일이 벌어지고 있었다. 부패하고 뇌물을 밝히는 혼탁한 무리라고 해서 '탁류파'로 불리는 환관(宦官＝남성을 거세하고 후궁에서 일하는 내시들)들이 모여 허튼 수작을 꾀하고 있었던 것이다.

장양, 건석을 비롯한 열 명의 환관(세상에서는 이들을 십상시*라고 불렀다)들이 벌써 10여 년 넘게 조정의 권력을 잡고 있었다. 그들은 두 번에 걸쳐 '당고(黨錮＝청류파라고 불리는 강직한 대신들에게, 당파를 세워 황제에게 대항하려 한다고 누명을 씌워 죽이거나 집에 가둔 사건)의 화(禍)'를 일으켜 '청류파' 관리들을 숙청하고 자기들 멋대로 정치를 해 왔다. 황건의 반란이 일어나자 이들을 진압하기 위해서는 예전에 그들이 모함하여 내쫓았던 유능한 인물들을 장군으로 앞장 세우지 않을 수 없었다.

황보숭이나 노식과 같은 장군들이 바로 그들이었다.

"이러다가 청류파 장군 놈들이 승전해서 돌아오면 큰일 아닌가?"

"물론이지. 자칫하면 지금까지 우리가 누려 왔던 권력을 모조리 빼앗길지도 몰라."

"어떻게 하지?"

"이쯤해서 목을 날리자구."

장양은 손바닥을 세워 목을 치는 시늉까지 했다.

결국 이들은 황제에게 가서 거짓 보고를 아뢰었다.

"황보숭이나 노식 등은 폐하께서 내려주신 금품과 수많은 관병을 거느리고 있으면서도 도적떼와 싸우기는커녕 놀고 먹으며 세월만 보내고 있다는 보고가 들어왔습니다. 그들을 엄히 다스릴 필요가 있을 것 같사옵니다."

"뭐라고?"

어리석은 황제는 자초지종을 듣고 판단해도 부족할 지경인데 버럭 화부터 냈다.

십상시(十常侍)

정확하게는 중상시(中常侍) 10명을 말한다. 궁중의 일을 맡아보던 황제의 사부(私府)인 소부(少府)에 속해 있던 내시직. 환관 중 최고위직으로 시종장(侍從長)과 비슷하다. 십상시(十常侍)는 황건적의 난 이후 조정의 기강을 무너뜨리고 정권을 장악해 후한 멸망의 원인이 되었다.

"이런 죽일 놈들 같으니라구. 모조리 파직시켜 짐 앞으로 끌고 와라. 짐이 단단히 문초하겠노라."

환관들은 속으로 뜨끔했다. 아예 현지에서 진중 처형하여 버린다면 모를까 잡아다가 황제가 친히 문초한다면 거짓 보고가 들통날 염려가 있었다.

건석이 서둘러 말을 바꾸었다.

"폐하, 우선은 고정하옵소서. 저희들이 직접 전선 시찰관을 보내 싸움을 독려해 보고 그래도 말을 듣지 않을 때는 파직시켜 끌고 오겠나이다."

"알았다. 서둘러 시찰관을 보내라."

황제는 환관 가운데 몇 명을 지명하여 '전선 시찰 칙사'라는 거창한 직함을 내렸다. 이를테면 황제를 대신하여 전선을 감독하고 필요하다면 현지에서 사령관까지 파직시킬 수 있는 엄청난 힘을 준 것이다.

십상시들은 곧 따로 모여 다음 처리 방안을 의논했다.

"추가 병력이나 군량 등의 보급품 같은 것을 보내지 않고 칙사가 내려가 싸움을 독려하려고 하면 그들이 불만을 품고 반란을 일으킬 위험은 없겠소?"

장양이 말하자 건석이 대꾸했다.

"그럴 가능성도 어느 정도는 있겠지요."

"어떻게 하면 좋겠소."

"일단 약간의 지원 병력을 보내지요."

"청류파 놈들을 또 기용한단 말입니까?"

다른 환관이 얼굴을 찌푸렸다.

"새로운 인물을 찾아야지요. 가능한 우리에게 호의적인⋯⋯."

"누가 있겠소?"

"조조와 포신 정도면 어떨까요?"

"좋소."

조조*, 강직하긴 하지만 청류파는 아니다. 그리고 그는 어디까지나 탁류파라고 손가락질 받는 환관 가문의 후예다. 그의 부친인 조숭은 원래 하후씨였는데 집안이 몰락하여 어렵게 지내가다 환관 조등(曹騰 : 유력한 실력자였으나 조조가 어릴 때 죽었다)의 양자로 들어가 조조를 낳았던 것이다.

조조가 기도위 벼슬을 받아 기병대 3천을 거느리고 영천 방면으로 떠나고, 포신이 다시 3천의 지원 병력을 이끌고 광종으로 출발한 후 황제의 칙사들이 뒤따라 전선으로 향해 갔다.

한편, 유비가 의병대장의 깃발을 휘날리며 영천으로 향하고 있을

조조의 가계

이 시대의 환관들은 자식을 낳을 수 없었으므로 양자를 두어 가문을 이었다. 조등이라는 환관은 하후숭을 양자로 들이는데 이가 바로 조조의 부친 조숭이다. 조조 휘하의 맹장으로 활약하게 되는 하후돈, 하후연 등은 조조의 일족이었다.

때 영천에서는 황보숭과 주전이 이끄는 관병이 황건 무리를 마구 밀어붙이고 있었다. 황건 무리는 퇴각을 거듭하여 풀이 우거진 들판에 진을 치게 되었다.

"이제는 화공을 하는 것이 좋겠소."

"잘 보셨소."

두 사람은 계획을 세우고 나서 병사들에게 불붙기 쉬운 물질을 지참하고 황건 무리의 진지 주위에 잠복하게 했다.

그날 밤, 갑자기 심한 바람이 불었다. 관병들은 불을 붙인 풀다발을 던지며 일제히 황건의 진지로 쳐들어갔다. 활활 타오르는 불길 속에서 당황한 황건 무리들은 말과 갑옷을 내던진 채 앞을 다투어 도망쳤다.

장량과 장보는 한참을 도망쳐서 남은 무리를 겨우 긁어모아 간신히 대오를 갖추었다. 하지만 갑자기 붉은 깃발을 세우고, 갑옷과 투구와 검, 그리고 말의 안장까지도 빨갛게 칠한 기병대가 나타나 앞길을 가로막았다.

장량 일행은 이 붉은 기병대에게 결정적으로 당해 소수만이 살아남아서 겨우 도망칠 수 있었다.

유비 일행이 걸음을 재촉해 영천 땅에 들어설 무렵 이런 상황이 벌어지고 있었다. 밤 하늘이 붉게 타오르고 있는 것이 멀리 보이고, 전투의 함성이 그곳까지 들려오고 있었다.

"싸움이 한창인 모양이다. 서둘러 진격하라!"

유비는 의병대를 재촉하여 달려갔으나, 관군의 본진에 도착했을 때에는 이미 싸움이 끝나 있었다.

유비는 황보숭과 주준을 찾아가 노식의 서찰을 전했으나,

"장량의 도적떼는 우리가 모두 무찔렀으니 의병대의 도움 같은 것은 필요 없네."

"놈들은 광종의 장각에 의지하여 거기로 갈지도 모르니까 자네들은 즉각 노식장군의 진영으로 돌아가게."

두 사람 모두 냉담하게 말했다.

하는 수 없이 유비는 황보숭장군의 막사에서 물러나왔다. 그가 본진의 영문을 나올 때 엇갈려 들어가는 인물이 있었다. 빨간 갑옷을 입고 빨간 검집을 들고 있었다. 유비는 누군지 몰랐으나, 그 사람은 다름아닌 장량을 무찌른 붉은 기병대를 이끌던 조조였다. 키는 작았으나 눈은 가늘면서 날카롭고 날렵한 몸매를 지닌 사나이였다.

얼핏 보기에 유비보다 서너 살 연상인 것 같았다. 머리를 가볍게 숙이는 유비에게 그는 눈길도 주지 않은 채 황보숭의 막사쪽으로 뚜벅뚜벅 걸어갔다.

"지금 들어간 사람이 누구인가?"

유비는 본진의 영문 경비를 맡고 있는 병사에게 물어보았다.

"낙양에서 지원하러 오신 기도위 조조님이십니다."

라고 병사가 대답했다. 유비는 조조라는 인물에게서 어딘지 모르게 강렬한 인상을 받고 있었다.

2

유비의 의용대는 영천을 떠나 다시 광종으로 향해 갔다.

"빌어먹을, 이럴 수가 있담! 모처럼 도와주러 갔는데 돌아가라니, 우리를 뭘로 여기고 있는 거야!"

장비는 분개했다.

"하하하. 낙양의 인간들은 다 그렇다네. 화를 내면 이쪽이 옹졸해지는 것일세."

관우가 웃으면서 달랬다.

유비는 아무 대꾸도 하지 않았다. 황보숭이나 주준 같은 사람에 대해서는 신경도 쓰지 않았다. 다른 인물에 대해 골똘히 생각하고 있었던 것이다.

'조조라고? 보통 인물로 보이지 않았어. 상당한 재능을 가진 인물이 틀림없을 거야.'

단 한번 스쳐 지나갔을 뿐이었으나 유비는 조조라는 인물에게서 주위 사람을 짜릿하게 긴장시키고 무엇인지 모르나 묘한 위압감을 만드는 분위기를 느꼈다. 아마도 지금부터는 무슨 일이 일어날 때마다 조조라는 이름을 듣게 될 것 같은 예감이 들었다.

그때였다. 멀리서 먼지 구름이 일어났다.

"누군가 이쪽으로 다가오고 있습니다."

말을 세우고 관우가 손으로 가리켰다.

보니까 일단의 병사에게 둘러싸여 말이 끄는 수레 하나가 이쪽으로 향해 오고 있었다. 수레 위에는 커다란 우리가 실려 있었다. 함거(죄수 호송 수레)였다.

"저것은!"

유비가 깜짝 놀라 말에서 뛰어 내려 수레를 호위하는 병사들이 가로막는 것을 뿌리치고 함거로 달려갔다.

"스승님, 이게 도대체 어떻게 된 일입니까?"

갇혀 있는 죄수는 놀랍게도 노식장군이었다.

"오오, 유비인가? 마음이 사악한 내시한테 모함을 받아 이 꼴이 되었네."

노식은 창살을 붙잡고 분을 삭이지 못해 입술을 깨물었다.

"자네가 영천으로 떠나고 난 뒤 칙사(勅使＝황제가 파견한 전선 시찰관)가 내려 왔네. 내가 싸우는 모습을 지켜본 뒤 칙사가 뇌물을 요구하더군. 뇌물을 바치면 조정에 유리한 보고를 해 주겠다는 거야. 나는 단호하게 거절을 했지. 그러자 칙사는 '노식은 장각과 싸우지 않고 게으름만 피운다' 며 사령관직에서 파직하고 이렇게 함거로 압송하여 죄를 문책하겠다는 것일세."

"형님, 무엇을 꾸물거리고 있습니까?"

장비가 경호하는 병사들이 좌우에서 가로막자 발길로 걷어차며 달려왔다.

"빨리 이 녀석들을 때려눕히고 노식장군님을 구해 드리자구요."

"기다리게, 장비!"

유비는 노식에게 가볍게 머리 숙여 인사를 하고는 몸을 홱 돌려 양팔을 벌려 장비 앞을 가로막았다.

"왜 이러십니까? 왜 말리는 것입니까?"

"여기서 스승님을 구해 내는 것은 어렵지 않은 일이네. 허나 그렇게 하면 스승님은 영원히 죄인이 되어 쫓기는 몸이 되고 마네. 조정에도 올바른 사람도 있을 것이니 성급하게 행동해서는 안 되네."

그러는 동안에 수레를 호위하는 병사들은 황급히 말에 채찍질을 가하여 함거를 끌고 멀리 가 버렸다.

"형님!"

사라져 가는 함거를 망연히 바라보고 있는 유비에게 관우가 말을 걸었다.

"노식 스승님이 안 계시니까 우리들은 광종으로 갈 필요가 없어졌습니다. 여기서 일단 고향으로 돌아가 다시 앞날을 기약하는 것이 어떨까요?"

"음, 그렇게 하기로 하세."

유비는 관우의 말에 고개를 끄덕이고, 노식장군이 붙여준 관병 1천 명을 광종으로 돌려보낸 후 행군의 방향을 바꿨다.

그로부터 이틀째 되던 날이었다.

앞길에 우뚝 솟은 산 너머에서 갑자기 때아닌 함성소리가 일어났다.

유비는 관우와 장비를 데리고 가까운 언덕으로 올라갔다. 도망치는 관군을 추격하는 '천공(天公)장군'이라고 쓴 깃발을 세운 황건 무리가 산을 돌아 커다란 파도처럼 거세게 밀려오는 것이 보였다. 천공장군이란 장각이 자신에게 붙인 칭호였다.

유비로서는 이대로 못본 체 할 수가 없었다.

"저 놈이 바로 총두목 장각이다! 저 놈을 죽여라!"

유비가 서둘러 말을 달려 언덕을 내려갔다. 관우와 장비가 1천 병력을 이끌고 그 뒤를 따라 황건 무리의 한가운데로 뛰어 들어갔다. 장비의 장팔사모가 춤추기 시작했고, 관우의 청룡언월도가 여기 번쩍 저기 번쩍하며 황건의 무리를 베어갔다.

"아악—! 으악!"

허를 찔린 황건 무리는 와르르 무너져 5십리(里=이 시대의 1리는 약 415미터)나 도망쳤다.

"해냈다! 황건 총두목 장각을 무찔렀다!"

의병대가 일제히 승리의 함성을 질렀다.

쫓기던 관군의 사령관이 황건 무리가 물러나는 것을 보고 말을 달려 유비에게 왔다.

"나는 동탁장군이다. 노식장군을 대신해 황건적을 토벌하러 왔다. 너희들은 어느 소속인가? 관직은?"

"관직은 없습니다. 황건적을 무찌르기 위해 일어선 의병들입니다."

유비가 가슴을 펴고 대답을 하자,

"뭐야, 의병이라구?"

하찮게 여기는 듯 '흥' 하고 콧방귀를 뀌더니, 동탁은 고맙다는 인사도 하지 않고 그대로 말을 돌려 가 버렸다.

"저런 괘씸한 놈을 봤나? 우리 덕택에 목숨을 건진 주제에 무례하기 짝이 없으니 한 칼에 베어 버려야겠소!"

고리눈을 치뜨고, 수염을 곤두세운 채 장팔사모를 다시 세워 들더니 동탁의 뒤를 쫓아가려고 하는 장비를 유비와 관우가 필사적으로 가로막고 말렸다.

"흥분하지 말게, 장비."

"황제가 임명한 관군의 장수를 죽이면 우리들은 바로 역적이 되는 걸세."

그래도 장비는 떼를 쓰는 아이처럼 악을 썼다.

"빌어먹을, 이대로는 분통이 터져 도저히 견딜 수가 없소. 형님, 고향으로 돌아가지 말고 황건적 놈들을 찾아가 한바탕 싸움을 하는 게 어떻겠습니까!"

장비의 말에 유비의 마음이 움직였다.

"그러세. 황건적을 무찌르고 백성들의 괴로움을 덜어주기 위해 우리들은 일어섰네. 그 뜻을 이루지 못한 채 고향으로 돌아간다는 것은 어쩐지 패배자의 모습 같군. 모두들 다시 한번 용기를 내어 황건적과 싸우도록 하세!"

1천 병력은 목소리를 맞추어 거세게 함성을 질렀다.

"싸우자! 무찌르자!"

유비의 의병대는 다시 방향을 바꾸어 영천으로 향했다.

"오오, 유비라고 했지. 잘 돌아와 주었네."

주준은 손바닥 뒤집듯이 지난번과는 달리 유비일행을 반갑게 맞이해 주었다. 상황이 바뀐 것이다. 그 후에 황보숭은 조조와 함께 장량을 추격해 갔고, 주준은 기세를 회복한 장보를 상대로 싸우고 있었으나 좀처럼 우위에 설 수가 없었다. 아니 밀리고 있었다는 것이 옳은 표현이리라.

"실은 장보가 요상한 술법을 부리고 있기 때문에 몹시 어려운 싸움을 하고 있네."

"무슨 요술을 부린단 말입니까?"

"말도 말게. 병사들이 겁을 집어먹고 싸우기 전부터 몸이 얼어붙어 움직일 수가 없다네. 요즘에는 장보의 요술이 무서워 탈영하는 병사까지 생겨 보통 심각한 상태가 아닐세."

주준은 솔직히 자신이 처한 입장을 털어놓았다.

"그렇습니까? 그렇다면 내일 우리가 한번 싸워보겠습니다."

다음 날, 유비는 의병대를 이끌고 진을 치고 있는 황건 무리에게 공격을 가했다.

그러자 장보가 부장을 내세워 맞서 나왔다.

"여기는 나에게 맡겨 주시오."

장비가 뛰쳐나가 말을 달려 삼합도 채 끝나기 전에 상대를 찔러 죽였다. 부장이 죽자 황건 무리는 동요했다.

"지금이다, 공격하라!"

때를 놓치지 않고 유비가 명령했다. 1천의 의용대 병력이 일제히 돌격해 들어갔다. 그러자 황건의 무리는 어찌된 영문인지 맞서 싸우려 하지 않고 앞다투어 도망치기 시작했다.

"듣던 바와는 전혀 딴판이군. 모두 뒤를 쫓아라!"

"한 놈도 살려 보내지 마라!"

장비가 장팔사모를 휘두르며 독려하였고, 관우 역시 청룡언월도를 휘두르며 무섭게 뒤를 쫓았다.

단숨에 20리 가량 추격하여 상당수의 목을 베었을 때였다.

"기다려라!"

유비가 진격을 정지시켰다. 상대의 도망치는 속도가 너무나 빨랐던 것이다.

"일부러 져주고 도망쳐 우리들을 함정에 빠뜨리려는 계책일지도 모른다."

주위를 둘러보니 어느 틈엔가 양쪽에 벼랑이 우뚝 솟아 있는 좁은 골짜기 깊숙이 들어와 있었다. 그때였다. 유비의 군사들을 비웃기라도 하듯이, 웃음소리가 주위에 메아리쳤다.

"으하하하! 으하하하!"

바라보니 오른쪽 높은 산벼랑에서 말에 탄 장보가 유비의 의병대를 내려다보며 웃고 있었다.

"잘들 왔다! 네 녀석들에게는 여기가 바로 묻힐 묘지다!"

장보는 머리칼을 풀어 흐트러뜨리고 칼을 뽑더니 칼끝을 하늘로 향하고 요상스러운 주문을 외우기 시작했다.

그러자 순식간에 심한 바람이 일어나 모래와 돌들이 소용돌이처럼 공중으로 날아 올라갔다. 그리고 한 덩어리의 검은 구름이 공중에서 내려오는가 싶더니 그 속에서 무수한 인마가 빗물처럼 쏟아져 내려 계곡 속에 있는 유비의 의병대를 향해 덮치는 것이었다.

"마군(魔軍 = 악마의 군대)이다!"

"장보가 죽음의 사자를 부른 거야!"

공포에 사로잡힌 의병들은 몹시 당황하고 공포에 사로잡힌 채 갈팡질팡하며 도망치기 시작했다. 때마침 달아나던 황건의 무리는 말머리를 돌려 의병대에게 공격을 가해 왔다.

기세를 회복한 황건의 무리에게 무참하게 짓밟힌 의병대는 30리나 패주했다. 절반 가량이 죽고 부상당하는 그야말로 완전한 대패였다.

"졌다!"

"제기랄, 요술에는 어쩔 수가 없다니까!"

뿔뿔이 도망친 병사들을 겨우 추스려 진지로 돌아온 관우와 장비는 분하고 원통해 입술을 깨물었다. 의병으로 싸움에 나선 후 첫 패전이었다.

"그 정도의 요술을 두려워할 필요는 없네. 그것을 격파할 방법이 있으니까 말일세."

유비는 두 사람을 위로하며 방법 하나를 일러 주었다.

이튿날 아침, 유비는 남은 5백여 병사들을 이끌고 싸움을 걸었다. 주준에게도 상황을 설명하고 지원병을 확보한 후였다. 황건의 무리는 어제와 마찬가지로 일부러 져 주며 도망쳐 의병대를 골짜기에 유인하였고, 장보는 다시 칼을 뽑아 들고 주문을 외웠다. 그러자 어제처럼 순식간에 바람이 일어나 모래와 돌들이 날아오르고 검은 구름에서 무수한 인마가 쏟아져 내렸다.* 의병대는 도망치기 시작했다.

"오늘이야말로 놈들을 몰살시켜 버려라!"

황건의 무리가 역시 말머리를 돌려 추격을 시작하려고 하는 바로 그때였다. 한 발의 석화시(石火矢＝돌화살촉에 불을 붙여 쏘는 화살)를 신호로, 양쪽 벼랑 위에 검은색으로 무장한 병사들이 나타나 돼지와 개, 양 등의 피와 분뇨 등을 일제히 공중에 뿌렸다. 그러자 모래와 돌들이 땅으로 가라앉고, 무수한 인마들로 보이던 것이 곧 종이인형이나 짚으로 만든 말로 변했다.

어젯밤 사이에, 관우와 장비는 돼지와 개의 피를 모아 각각 수십

장보의 요술

장보의 요술은 지형과 날씨를 이용한 심리전이었다. 바람이 세게 불고, 지형적 영향으로 안개가 많이 끼는 것을 이용한 것이다. 황건적의 난 때 관군은 장보가 요술을 부리자 두려움에 떨며 헛것을 본다. 이후 유비가 짐승의 피를 뿌려 장보의 요술을 깨자 병사들은 두려움을 없애고 전투에 임할 수 있게 된다.

명의 병사를 이끌고, 은밀히 벼랑을 기어 올라가 장보가 요술을 걸기를 기다리고 있었던 것이다.

요술이 실패로 돌아간 것을 깨달은 장보는 황급히 무리를 퇴각시키려고 했으나, 도망가는 것처럼 위장한 유비의 의병대와 지원병으로 숨어 있던 주준의 관병들이 일제히 역습을 가했다. 황건의 무리는 결국 수많은 시체를 뒤에 남기고 양성현으로 도망쳐 들어갔다.

3

유비는 주준과 함께 양성현으로 쳐들어갔다. 장보는 성문을 걸어 잠그고 농성을 하려는 듯 싸우러 나오지 않았다. 그러는 동안에 갖가지 소식이 날아들었다.

"광종에서 장각과 싸우고 있던 동탁장군은 패전만 거듭하다가 결국에는 사령관직에서 파면당했습니다."

"장각은 병으로 죽고, 그 대신에 장량이 황건적을 지휘하고 있었으나, 황보숭장군과 기도위 조조장군이 일곱 차례의 싸움 끝에 이기고 마침내 장량을 참살했습니다."

"황보숭장군과 기도위 조조장군은 낙양으로 개선하여 조정으로부터 높은 벼슬을 하사받았습니다. 또한 노식장군은 죄가 없는 것이 밝혀졌기 때문에 풀려났습니다."

이러한 소식을 보고받을 때마다 주준은 자신도 빨리 공적을 세워야겠다는 조바심으로 현성을 포위하고 집중 공격을 가했다. 하지만, 궁지에 몰린 황건 무리의 필사적인 반격을 받아 아무리 공격해도 성을 함락시킬 수가 없었다.

"방법이 없을까?"

주준이 고민에 빠졌다. 그때 유비가 주준에게 말했다.

"사방을 포위하고 한 사람도 놓치지 않으려고 맹렬하게 공격을 하면 적도 목숨을 내놓고 저항을 하기 때문에 성을 함락시키기도 어렵고 아군의 희생이 그만큼 많아집니다."

"그렇다면, 어떻게 하면 좋겠나?"

"현성의 4개 문 가운데 한 개만 일부러 비워 놓으십시오. 그리고, 나머지 3개 문부터 공격을 가하면 적은 반드시 비어 있는 문 쪽으로 도망쳐 나올 것입니다. 그때 밖에 매복시켜 두었던 복병으로 하여금 그들을 덮치도록 하면 이길 수 있을 것입니다."

"과연. 그렇게 하면 잘 될 것 같구먼."

주준은 고개를 끄덕였다.

이튿날, 동쪽 문에 있던 관병을 철수시키고 대신에 유비가 이끄는 의병대가 성 밖 숲속에 은밀히 숨었다.

준비가 모두 갖추어지자 주준은 북, 남, 서쪽의 3개 성문에 일제히 총공격을 가했다.

숲속에 매복한 의병대는 동쪽 문이 열리고 황건 무리가 도망쳐 나오기를 조용히 기다렸다. '와와' 하고 세 방향에서 함성을 지르며 공격하는 관병들의 외침이 바람을 타고 들려왔다.

서너 시간 가량 지났을 무렵이었다. 성안에서 갑자기 불길이 치솟아 올랐다. 주준의 관병이 성문을 돌파하여 안으로 진입한 것이다. 아우성 소리와 함성이 한층 더 높아졌다.

얼마 뒤에, 동쪽 성문이 활짝 열리더니 장보를 위시한 황건 무리가 쏟아져 나오듯이 뛰쳐나왔다.

이것을 본 유비는 활에 화살을 메겨 한껏 잡아당긴 뒤 시위를 놓았다. 화살은 일직선으로 날아가 장보의 목덜미를 꿰뚫었고, 장보는 공중제비를 돌며 땅바닥으로 떨어졌다.

"맞혔다! 두목 장보를 쏘아 죽였다!"

유비가 소리침과 동시에 관우와 장비가 병사들을 이끌고 숲속에서 뛰쳐나가 황건 무리에게 달려들었다.

두목 장보를 잃은 황건 무리는 싸울 기력이 없어져 대부분 도망치거나 항복했다.

"만세! 이겼다!"

관병과 의병대는 일제히 소리쳤다. 주준은 몹시 기뻐하며,

"그대들의 도움이 없었다면 장보를 멸망시킬 수가 없었을 걸세."

하고 유비와 관우, 장비에게 고마움을 표시한 후, 유비 일행을 데리고 낙양으로 당당하게 개선했다.

주준은 장보를 물리친 전공을 조정에 보고하고, 아울러 유비 일행의 공적도 보고했다.

그런데 주준은 높은 관위(官位＝조정에서 내려주는 벼슬)를 하사받았으나, 유비는 안희현이라는 작은 고을의 현위(縣尉＝현의 경비를 담당하는 직책. 오늘의 시골 경찰서장 쯤에 해당)라는 낮은 관직을 얻었다.

"이건 도대체 무슨 엉터리 같은 경우입니까?"

장비는 화를 벌컥 냈다.

"형님의 공적은 주준 정도와 비교도 안 될 정도인데 말입니다."

"조정 안에 뇌물을 쳐먹고 관위나 관직을 올리고 낮추는 짓을 하는 간신배들이 있다구."

관우도 불만스러운 것 같았다.

"아무려면 어떤가? 우리가 높은 관위를 얻고 싶어 의병을 일으킨 것이 아니잖은가?"

유비는 웃어 넘겼으나 속으로는 몹시 씁쓸했다.

이리하여 유비는 벼슬을 얻었으나 의병대를 모두 데리고 안희현으로 갈 수 없었기 때문에 해산하기로 했다.

그동안에 쓰고 남은 돈을 따져보니 꽤 남아 있었다. 이것을 골고루 전원에게 분배해 주고 고향으로 돌려보낸 후, 유비는 몇 명의 종자만을 데리고 관우, 장비와 함께 안희현으로 부임했다.

동탁의 간특한 야심

1

"이보게, 장비. 자네, 술냄새가 폴폴 풍기는데."

하고 관우가 걱정스런 표정을 지었다.

"아주 조금밖에 안 마셨는데요."

"자네의 주량이 다른 사람의 대여섯 배에 해당되니까 그렇지. 많이 마신게야? 근무 중에는 술을 좀 삼가는 것이 좋다구."

"근무라고요? 관우형, 이런 조그만 고을 안을 둘러보는 일을 근무라고 할 수 있겠소? 술이라도 한잔 마시지 않고서는 견딜 수가 없다니까요."

장비는 못마땅한 표정으로 턱수염을 쓰다듬었다.

안희현에 오고 벌써 4개월 가까이 흘러갔다.

유비가 현위 일에 충실하니 안희현의 사정은 확 바뀌었다.

우선 유비는 다른 관리들처럼 으스대지 않고 친절하게 백성들을 대했다. 얼마 전까지의 현위와는 달리 뇌물 같은 것을 요구하지도 않았다. 그리고 백성들의 어려운 하소연을 잘 들어주고, 좋은 것은 좋다, 나쁜 것은 나쁘다고 공평한 재판을 했다. 또한 관우와 장비에게 수시로 마을 거리를 순찰하게 하여 싸움을 말리거나 도둑질을 단속했다.

그러자 고을 전체가 조용해지고 안전해졌다.

유비는 사람들로부터, '유비님, 우리현위님' 하고 흠모를 받았고, 관우와 장비도 거리를 걸으면 아이들까지도 반갑게 인사를 할 정도로 인심을 얻었다.

그래도 장비는 여전히 불만이 많았다.

"관우형, 왜 싸움이 일어나지 않는 거지요?"

"자네, 싸움이 그리워졌나?"

"그래요. 이런 평범한 생활은 나에게 어울리지 않아요. 말을 달리며 장팔사모를 휘둘러대지 않으면 살아 있다는 느낌이 들지 않는단 말이오."

"하하하, 너무 서두르지 말게. 황건적의 기세가 꺾였다고는 하지만 세상은 아직도 소란하고 조정도 안정되어 있지를 않네. 머지않아 우리들이 나서야 할 때가 반드시 있을 것일세. 그때까지 말썽 없이 기다리고 있게나."

관우는 장비를 타일렀다.

두 사람이 거리 순찰을 마치고 관청으로 돌아오자 유비가 불렀다.

"군(郡)에서 감찰관님이 도착하신다. 마중을 나갈 터이니 준비를 하게."

황건적을 토벌한 공적에 의해 지방의 관리가 된 사람들 중에 거짓 공적을 내세운 자가 많으니 재조사를 하라는 조칙이 내려졌기 때문이었다. 그래서 유비가 있는 안희현에도 상급 관청인 군에서 감찰관(독우(督郵)＝군(郡)의 태수 밑에 있는 현위나 현령 등을 감찰하는 직위. 상부의 명령 하달, 소송이나 감옥의 관리, 도망친 자를 붙잡는 일을 했다)을 파견하게 되었던 것이다.

유비 형제 세 사람은 종자를 데리고 마을 밖 10리 되는 곳까지 감찰관 일행을 마중나갔다.

"어려운 일을 맡으셔서 수고가 많으십니다. 현위인 유비 현덕입니다."

유비는 공손하게 인사를 했다. 감찰관은 말에 탄 채 고개를 약간 끄덕였을 뿐이다.

"어깨에 힘이 꽤 들어 있군. 우스운 녀석 같으니라구! 그렇지요? 관우형."

장비가 관우에게 속삭였다.

"아무튼 유비 형님의 공적에 대해 트집을 잡으면 그때는 내가 가만두지 않겠네."

관우도 으스대는 감찰관을 바라보며 불쾌한 표정으로 고개를 끄덕였다.

숙사에 도착하자, 감찰관은 유비를 뜰에 세워 놓고, 자신은 그 정면에 놓인 의자에 거만하게 앉았다. 그리고는 무엇인가를 기다리는 듯한 표정으로 유비를 빤히 바라보았다.

하지만 유비가 계속 말없이 서 있었기 때문에 마침내 짜증스러운 듯이 입을 열었다.

"유현위, 그대는 어디 태생이고 어느 집 안 출신인가? 또 어떤 공적을 세워 현재의 직위에 올랐는가?"

"저는 중산정왕의 자손이고, 탁현고을에서 의병을 모집하여 황건적 토벌에 나섰습니다. 그리하여 주준장군님과 함께 장각의 동생 장보를 활로 쏘아 죽였습니다."

유비가 대답하자 감찰관은 눈에 노기를 가득 띠며,

"닥치거라! 그대는 황족의 이름을 사칭하고, 있지도 않은 공적을 주장할 생각이냐? 에잇, 물러나거라!"

라고 소리치고는 벌떡 일어나 안으로 들어가 버렸다.

"감찰관님은 무엇 때문에 저리도 화를 내고 계시는 것인가?"

영문을 알 수가 없었기 때문에 유비는 감찰관의 수행원에게 슬며시 물어보았다.

"그야 물론 현위님이 합당한 사례를 바치지 않았기 때문이지요."

그런 것도 모르느냐는 듯이 수행원은 입을 일그러뜨리며 비웃었다. 합당한 사례란 뇌물을 말하는 것이었다.

"좀 넉넉히 바치면 감찰관님의 기분은 금방 좋아지십니다."

"그런가? 그러나 관아의 돈은 백성들이 피땀을 흘려 일해 바친 것이니만큼 뇌물로 쓸 수는 없네."

유비는 단호하게 대구하고 관아로 돌아왔다.

수행원으로부터 유비의 말을 전해 들은 감찰관은,

"자식, 구두쇠 같으니라구! 어디 두고 보자!"

하고 화가 난다는 듯이 입술을 '파르르' 떨었다.

다음 날 아침, 장비는 관아에 나가기 전에 해장국집으로 가서 반주 삼아 몇 잔의 술을 마셨다. 언제나처럼 아주 조금 마신 뒤 말을 타고 거리로 나섰다.

도중에 감찰관이 숙소로 사용하는 역관 앞을 지나가려니까 5, 60명의 백성들이 문 앞에 꿇어앉아 울거나 아우성치고 있었다.

"무슨 일인가? 이런 곳에서 왜 울고 있는 건가?"

장비가 물어보니 백성들이 달려와 제각기 한마디씩 호소했다.

"장비님, 들어 보십시오."

"감찰관님이 관아의 관리들을 동원하여 현위나리께서 우리들을 괴롭히고 있다는 보고서를 강제로 쓰게 하고 있단 말입니다."

"유비현위님은 우리 백성을 괴롭히기는커녕 너무나 잘 해 주고 계신다고 설명해도 들어주지를 않습니다."

"들어주기는커녕 수행원들을 시켜 우리들을 두들겨 패고 문 밖으로 내동댕이치라고 했습니다."

듣고 있는 사이에 장비의 커다란 눈이 점점 더 커지고 호랑이수염이 바짝 곤두섰다. 그리고는 말에서 뛰어 내리더니 문으로 달려가 걷어차며, 제지하려고 하는 문지기를 멀리 집어 던지고 안으로 들어갔다.

감찰관의 호위병들이 황급히 달려왔다. 장비의 앞을 가로막았으나 모두들 얻어맞고 집어 던져지고 발길에 걷어채어 나동그라졌다.

장비는 성큼성큼 안쪽으로 들어갔다.

안쪽에 있는 후원 뜰에서는 관아의 하급관리가 무릎을 꿇은 채 감찰관의 호위병사로부터 채찍을 맞고 있었다.

"어서 시키는 대로 보고서를 써라! 쓰지 않으면 더 심한 꼴을 당하게 될 것이다!"

감찰관은 정면에 떡 버티고 앉아 하급관리를 노려보고 있었다.

그곳에 장비가 나타났다.

"너, 너는 누구냐. 어떤 놈이냐?"

"누구고 자시고 할 것도 없어!"

장비는 호통을 치며 한걸음에 감찰관에게 다가가 머리칼을 덥석 움켜쥐더니 한 대 쥐어박고 질질 끌어냈다. 호위병사가 덤벼들었으나 발길질 한 방에 후원 구석까지 날아갔다.

감찰관을 끌고 앞마당 복판으로 나온 장비는 마침 곁에 있는 나무에다 그를 꽁꽁 묶더니,

"이놈이 매운맛을 보지 않았군, 그래."

하고는 버드나무 가지를 꺾어 사정없이 내리쳤다.

"아이고, 이게 무슨 짓이냐? 그, 그만두지 못하겠느냐!"

감찰관은 처음에 바락바락 악을 썼다.

"시끄럽다! 너 같은 놈은 이렇게라도 하지 않으면 내 화가 가라앉지를 않는단 말이다!"

장비는 치밀어 오른 화풀이를 하듯 버드나무 가지로 인정사정없이 힘껏 매질을 가했다. 그러자 감찰관의 의복이 여기저기 찢기고 얼굴에서 어깨, 가슴 등에 이르기까지 온통 피투성이가 되었다.

"누, 누가 좀 이놈을 말려라! 사람 잡겠다!"

감찰관*이 울부짖었으나 호위병들과 수행원들은 장비의 기세가 두려워 멀리서 에워싼 채 발만 동동 구를 뿐이었다.

벌써 세 번째 버드나무 가지가 부러졌다. 장비는 몇 가지를 더 꺾어 들고 후려치려고 했다. 바로 그때,

"그만둬라, 장비!"

날카로운 목소리가 날아왔다. 고개를 돌려 보니 유비가 달려오고, 관우도 뒤따라 뛰어오고 있었다. 누군가가 관아에 알려 황급히 달려온 것이었다.

"형님들, 나를 말리지 마시오!"

장비는 '휴우' 하고 가쁜 숨을 내뿜었다.

"이런 썩은 근성의 관리 놈들은 버르장머리를 단단히 고쳐 놔야 한다구요."

그리고는 나뭇가지를 들어 다시 세차게 내리쳤다. 감찰관은 비명을 지르더니 곧 애처로운 목소리로 유비에게 애원했다.

"유현위, 무슨 말이라도 들을 테니까 나를 좀 풀어 주게."

유비는 묵묵히 서 있었다. 그러자 감찰관은 더욱 간절한 목소리로 매달렸다.

"그래, 근무를 잘 한다고 조정에 보고하여 자네를 현위보다 훨씬 높은 지위에 오르게 해 주겠네. 약속하겠네. 이 사람이 나를 때린 일도 다 모른 척해 주겠네. 자아, 그러니까 나를 제발 좀 풀어 주라고 하게!"

그 비열한 말투에 유비는 심한 혐오감을 느꼈다. 그렇지만 이대로 내버려 둘 수도 없고 해서 장비를 꾸짖어 매질을 그만두게 하고는 감찰관을 묶은 새끼줄을 풀어 주려고 했다.

그러자 그때까지 잠자코 보고 있던 관우가,

감찰관 폭행의 주범

감찰관 폭행에 대해서 정사 삼국지는 유비가 한 일이라고 쓰고 있다. 그런데 연의에서는 장비가 때리고 유비가 말린 것으로 되어 있다. 아마 덕이 많고 온후한 유비의 이미지를 부각시키거나 장비의 저돌성을 부각시키기 위해 나관중이 두 사람의 일을 바꾼 듯싶다.

"형님, 그만두십시오. 저런 인간은 도와줘봤자 우리들이 여기에 머무는 한 또다시 뒷전으로 돌아가 무슨 짓거리를 할지 모릅니다. 저런 한심한 놈들의 꼴을 보지 않고 살려면 아예 현위직을 내던지고 여기를 떠나는 것이 좋습니다. 어떻습니까? 우리가 뜻한 바를 실현할 수 있는 곳을 찾아보는 것이 어떻습니까?"

하고 의외의 말을 하는 것이었다.

"그래, 맞다. 그렇게 하는 것이 옳다."

유비는 고개를 끄덕이고는 허리에 차고 있던 관인(官印＝관직에 있는 자가 직무에 사용하는 도장으로 색실로 묶여 있었다)을 풀어 감찰관의 목에 걸었다.

"너같이 타락하고 악질적인 관리는 몇 번을 죽여도 시원치 않지만, 오늘만은 목숨을 살려주겠다. 우리들은 여기를 떠날 테니까 뒤를 쫓든 말든 마음대로 하거라."

유비는 내뱉듯이 말하고 관우와 장비를 재촉하여 그 자리를 떠나가 버렸다.

그뒤, 가까스로 목숨을 건진 감찰관이,

"그놈들을 모두 잡아들여라!"

하고 명했으나, 호위병사들이 현위의 관아와 관사로 달려갔을 때는 텅 비어 있었고, 모두 어디로 갔는지 유비 일행의 행방을 알 수가 없었다.

2

한편, 황건적의 반란은 거의 평정되었으나 그 무렵 조정에서는 또 다른 권력싸움이 시작되고 있었다. 십상시들과 대장군 하진(何進)의 다툼이었다.

당시 황제인 영제(靈帝)는 궁녀들과의 잡기놀이를 좋아하고 장사꾼 흉내를 내어 궁궐 뜰에다 좌판을 벌이는 등 정사(政事)는 돌보지 않고 십상시에게 대부분의 나랏일을 맡기고 있었다. 그 결과 십상시들은 자신들에게 아첨하는 자에게는 좋은 지위를 주고 자신들에게 반대하는 자는 가차없이 죄를 뒤집어씌웠다.

외척으로 기세당당한 대장군 하진도 문제투성이었다. 본래 돼지 도살을 업으로 지내던 인물인데 미인 여동생이 궁중으로 들어가 황자(皇子 = 황제의 아들)를 낳고 황후가 되었기 때문에 대장군이라는 높은 자리에 오를 수 있었던 것이다.

명색이 대장군이지만 그는 군사를 지휘해 본 경험도 없거니와 권력의 크기만큼 책임도 크다는 것을 알 리가 없었다.

이렇듯 부패한 환관과 무능한 외척이 권세를 다투는 가운데 황건적의 난이 일어난 지 5년 뒤, 영제가 사망했다. 그러자 십상시와 하진은 각각 자신들이 좋아하는 인물을 황제로 세우고자 했다.

영제에게는 어머니가 다른 '변(弁)'과 '협(協)'이라는 두 황자가 있었다. 십상시들은 협황자를 새 황제로 세우려고 했으나, 하진은 부하 원소에게 5천 명의 병력을 동원케하여 무력으로 여동생이 낳은 변황자를 즉위시켰다. 일단은 하진쪽이 이긴 셈이었다. 협왕자는 진류왕이 되었다.

이때 하진은 원소의 권유로,

"병력을 이끌고 낙양으로 올라와 환관놈들을 모조리 죽여라!"

하고 지방의 장군들에게 협력을 요청했다.

이것을 알게 된 십상시들은 선수를 쳐 하진의 여동생 하태후(太后 : 황제의 어머니)의 부름이라고 속여 하진을 궁중으로 불러들인 다음 기습공격하여 살해해 버렸다.

하진이 살해당하자 원소는,

"환관놈들이 대장군을 죽였다. 놈들을 모조리 죽여 버려야 된다!"

고 소리치며 병력을 이끌고 궁중으로 난입했다. 궁궐건물에 불을 지르고 십상시를 위시하여 환관처럼 보이면 누구를 가리지 않고 모조리 살해했다.

마침내 십상시 가운데 살아남은 두 환관이 천자(天子 = 황제. 하늘을 대신해서 만백성을 다스리는 자라는 의미)와 진류왕을 모시고 불타고 있는 궁중에서 빠져 나와 멀리 도망쳤다. 하지만 도중에 두 환관 모두 노식과 민공 등에게 살해당하고, 황제와 진류왕은 때마침 달려온 동탁군의 호위를 받으며 낙양으로 돌아올 수 있었다.

그 과정은 이랬다.

환관을 물리친 노식과 민공이 황제를 모시고 낙양성으로 돌아오다가 북망산 근처에 이르렀을 때, 누런 황토먼지를 일으키며 3~4천 명 정도의 병력이 달려왔다.

"누구냐? 이름을 대라!"

황제를 호위하던 대신이 큰소리로 외치자, 앞선 대장 하나가 거들먹거리며 나타나서는 직책과 이름을 말했다.

"서량자사(刺史 = 현이나 군보다 넓은 주를 다스리는 지방 장관) 동탁입니다."

동탁은 황건적의 난을 진압하지 못하고 질질 세월만 끌다가 책임을 지고 사령관직에서 해임당했으나, 뇌물을 써서 죄를 벗고 본거지인 서량으로 돌아가 있었다. 때마침 하진이 보낸 격문이 도달했다.

낙양으로 와서 환관 세력을 무찔러달라.

어떻게하든 중앙으로의 진출을 노리고 있던 동탁에게는 절호의 기회였다. 그래서, 그 격문에 응해 병력을 이끌고 낙양으로 올라오고 있던 참이었던 것이다.

"천자님께서는 어디에 계시옵니까?"

동탁은 말 위에 앉아 오만하게 묻고는 주위를 둘러보았다. 그러자,

"나는 진류왕이다. 그대는 황상폐하를 지켜 드리기 위해 왔는가,

아니면 위협을 하러 왔는가?"

하고 낭랑한 목소리가 날카롭게 울려 퍼졌다. 동탁이 소리나는 쪽을 보니, 진류왕이 부들부들 떨고 있는 황제를 감싸듯이 하고 동탁을 노려보고 있었다.

"물론 지켜 드리려고 왔습니다."

동탁이 머뭇거리며 대답하자, 진류왕은 다시 목소리를 높여 꾸짖었다.

"그렇다면 황상폐하께서 여기 계시는데 어째서 그대는 말에서 내려 부복(고개를 숙이고 엎드리기)하지 않는 것이냐!"

진류왕은 불과 9세의 소년이었으나, 그 위엄에 눌려 동탁은 황급히 말에서 내려 땅바닥에 엎드렸다.

'무서워 떨면서 말 한마디 제대로 하지 못하는 천자보다 나이가 어린 진류왕 쪽이 훨씬 더 의연하군. 진류왕을 새로운 천자로 삼는 것이 여러모로 낫겠다.'

동탁이 당치도 않은 엉뚱한 야망을 품은 것은 바로 이때였다.

황제 일행을 호위하여 낙양으로 들어간 동탁은 이미 오랫동안 조정을 지배하던 환관과 외척이 사라져 공백 상태가 된 조정에서 제 세상을 만난 양 활개치게 되었다. 조정의 신하들은 동탁의 위세가 두려워 눈치만 살필 뿐 아무 말도 하지 못했다.

'이제 슬슬 일을 꾸며도 괜찮겠지.'

하고 궁리한 동탁은 심복 부하 이유에게 의논했다.

"지금의 천자를 폐하고, 진류왕을 즉위시키고 싶은데 어떻게 생각하는가?"

"별 문제가 없을 것입니다. 조정에는 빌빌대고 있는 대신만 있으니까요. 갈아 치우려면 지금이 아주 적당합니다."

하고 이유가 동조했다. 그리고는 덧붙여 말했다.

"진류왕*은 영특하신 분입니다. 성장하시면 조신(朝臣＝조정에 근무하는 신하)들의 인망을 한 몸에 모아 강력한 실권을 가진 천자가 될 것입니다. 지금 장군님의 힘으로 천자로 세워 은혜를 베풀어 두면, 틀림없이 나중에 장군님을 지지하게 될 것입니다."

"음, 나도 그렇게 판단하고 있었네."

이유의 설명을 듣고 자신감을 얻은 동탁은 결의를 굳혔다.

다음 날, 동탁은 조정의 신하들을 모아 놓고 선언했다.

"지금의 천자는 의지가 약하고 겁이 많아 믿을 수가 없소. 이래서는 세상이 불안해지고 백성들이 안정을 찾지 못할 것이오. 따라서 진류왕을 새로운 천자로 삼아야 한다고 생각하는데, 여러분들의 의견은 어떠시오?"

동탁의 말이 끝나자마자 낙양성의 치안을 담당하는 집금오(궁정 주변을 순시하며 경위와 방화를 맡던 무관직) 벼슬의 정원(丁原)이 의자 소리가 요란스럽게 벌떡 일어섰다.

3

정원은 큰소리로 외쳤다.

"말도 안 되는 소리. 절대 안 될 소리를 함부로 지껄이지 마시오. 당금황제께서 어디가 부족하단 말이오! 잘못한 일도 없소! 그런데도 그런 말을 하는 것은, 동탁 그대가 조정을 자기 것으로 만들려고 음모를 꾸미고 있는 것 아니오."

"내 뜻을 거스르면 목숨이 살아남지 못할 것이다!"

동탁은 큰소리치면서 허리춤의 검집에 손을 댔다. 하지만 정원의 뒤에서 방천화극(方天畵戟＝기다란 자루 끝에 뾰족한 창날과 초승달 모양의 칼날을 배합한 무기)을 손에 쥐고 눈을 부라리며 맹수처럼 노려보고 있는 사나이를 보고는 엉겁결에 움찔했다.

상황을 재빨리 간파한 이유가,

"이 일은 다시 날을 잡아 논의를 하는 것이 좋겠습니다."

하고 중재를 했기 때문에 그 자리가 그럭저럭 수습되었다.

그날 저녁 동탁은 이유에게 물었다.

"정원 뒤에 서 있던 무장한 녀석은 누구인가?"

진류왕
영제의 둘째 아들로 9살에 동탁에 의해서 천자로 옹립된다. 중원과는 먼 서량 출신으로 중앙에 세력 기반이 없었던 동탁은 정권 장악을 위해 소제를 천자의 자리에서 몰아내 홍농왕으로 삼고 진류왕(현제)을 황제로 세웠던 것이다. 현제는 결국 후한의 마지막 황제가 된다.

"정원의 양자, 여포(呂布)라는 자입니다. 대단한 놈입니다. 아마도 지금 세상에서는 단독으로 싸워 그자를 당할 인물이 없을 것입니다."

"그렇다면 그자를 우리 편으로 만든다면 무서울 것이 없겠군."

동탁이 중얼거리자 이숙이라는 보좌관이 앞으로 나섰다.

"저에게 맡겨 주십시오. 여포하고는 같은 고장 태생이라 잘 알고 있습니다. 욕심이 많은 성격이기 때문에 그가 좋아할 만한 것을 듬뿍 안겨 주고 설득을 한다면 그리 어렵지 않을 것입니다."

"좋다. 자네에게 맡기겠다. 무엇이든 아끼지 말고 팍팍 써서 그를 움직여 보게나."

동탁의 허락을 받은 이숙은 다음 날, 뇌물로 쓸 물건을 잔뜩 챙겨 여포의 집으로 찾아갔다.

"여포님, 안녕하시오?"

"아니, 이게 누구신가, 이숙님, 오래간만이오."

여포는 이숙을 맞이하고 술을 내서 대접했다.

한참 동안 술잔을 나누며 잡담을 한 뒤, 이숙은 보여 주고 싶은 것이 있다며 여포를 밖으로 데리고 나왔다. 거기에는 온몸이 불타는 듯한 붉은 털을 한 준마 한 필이 있었다.

"이것은 적토마*가 아닌가!"

말을 보자 여포는 감탄하여 외쳤다. 그 털 색깔 때문에 적토(赤兎 =빨간 토끼)라고 이름 붙여진 이 말은 동탁의 애마로, 하루에 1천 리를 달린다는 천리마였다.

"이 말을 자네에게 선물하도록 동장군으로부터 지시를 받았네. 동장군은 자네의 무용을 흠모하여 긴하게 교제를 원하고 계시네."

이숙은 또다시 금은 보화상자를 꺼내 여포 앞에 내밀며 유혹했다.

"동탁님의 마음, 고맙게 받아들이겠소."

재물에 눈이 어두워진 여포는 곧 배신을 결심했다.

그날 밤, 여포는 은밀히 양아버지 정원의 숙소로 숨어 들어가 살해하고는 그 목을 선물삼아 동탁에게 달려갔다.

"그대가 우리편이 되어준 것은 마치 오랜 가뭄 끝에 단비가 내린 것이나 같네. 내 자네와 부귀영화를 함께 하겠네."

뛸 듯이 기뻐한 동탁은 여포의 손을 덥석 잡고 간이라도 빼줄듯이 꼬셨다.

여포는 마음이 동하여 동탁을 상좌에 앉게 한 뒤,

"장군님을 양아버지로 받들고 자식으로서 섬기겠습니다."

하고 바닥에 엎드려 절했다.

"오오, 그대와 같은 천하제일의 용사를 자식으로 갖게 되었으니

적토마
하루에 천리를 간다는 뛰어난 말로 동탁이 여포에게 뇌물로 준 말이다. '말 중에는 적토가 있고 사람 중에는 여포가 있다' 는 말로 그 명성을 대변하고 있다. 여포가 처형된 후 조조의 손에 들어 갔다가 조조가 관우의 마음을 사로잡기 위해 준다. 이후 관우와 뗄 수 없는 관계가 된다.

나는 더 이상 바랄게 없네."

동탁에게 이의가 있을 리 없어 두 사람은 그 순간으로 부자의 인연을 맺었다.

방해물인 정원이 없어지고 여포까지 자기편이 되자, 동탁은 다시금 조정의 신하들을 모아 놓고 진류왕을 새로운 천자로 추대하겠다는 주장을 했다. 여포가 1천 명의 병사를 이끌어 조당 주위를 에워싸고, 동탁이 검집에 손을 대고 노려보니 조정대신들 가운데 나서서 반대하는 자가 아무도 없었다.

"그렇다면 진류왕을 천자로 삼는데 이의가 없으렸다!"

동탁이 다짐을 하듯이 외쳤을 때였다. 젊은 관리들 가운데 선두를 달리는 사례교위인 원소가 앞으로 걸어 나왔다.

"그만두시오, 동공! 그대의 본심이 엉뚱한 곳에 있다는 걸 이 눈으로 똑똑히 보았으니까!"

"나에게 거역할 생각인가? 네 이놈 원소! 이 칼이 얼마나 잘 베어지는지 보고 싶으냐?"

원소도 물러서지 않았다.

"네 칼이 잘 베어진다면, 내 칼인들 잘 베어지지 않을 리가 있겠느냐?"

"이런 고얀 놈, 말 다 했느냐!"

원소에게 덤벼들려고 하는 동탁을 이유가 황급히 제지했다. 그

사이에 원소는,

"천하는 결코 그대의 것이 아니다!"

라고 내뱉고는 몸을 돌려 밖으로 나갔다. 그리고 그날로 낙양을 떠나 자신의 본거지인 발해 땅으로 갔다.

추격대를 보내 원소의 뒤를 쫓는다면 자칫 싸움으로 발전할 우려가 있었기 때문에 동탁은 원소를 발해군의 태수(太守＝주보다 작은 규모의 군의 장관)로 추천하여 마치 은혜를 베푸는 척했다.

그 이후부터 동탁을 반대하는 대신이 나타나지 않았다. 동탁은 자기 마음대로 조정을 주물렀다.

영한(永漢) 원년(189년) 9월 1일, 동탁은 진류왕을 즉위시켜 새로운 천자로 삼았다. 후한의 마지막 황제인 헌제가 바로 그 사람이다. 동탁은 이에 그치지 않고 포악한 성질을 증명이라도 하듯이 폐위된 황제와 하태후 등을 모두 죽이고 말았다.

운명의 보검

1

동탁은 스스로 상국(相國 = 황제의 고문과 재상을 겸임하는 나라의 어른이라는 특별한 지위)이 되어 안하무인격으로 행동하기 시작했다.

더구나 그는 성격이 잔인하고 흉폭하여 한번은 축제에서 신나게 춤을 추고 있던 사람들을, 일반백성인 주제에 분수를 모르고 날뛰는 것이 괘씸하다고 화를 내며 몰살시켜 버린 적도 있었다.

그것만이 아니었다.

동탁은 자신이 데리고 온 병사들이 시중에서 함부로 살인, 약탈, 성폭행을 되풀이해도 웃으면서 그냥 내버려 두었다.

낙양의 남녀 백성들은 물론이고 조정의 높은 대신들까지 공포로 전전긍긍해야 했다. 결국 동탁의 부하들을 제외하고는 모두들 동탁에게 무조건 아첨을 하든지, 그렇지 않으면 '나 죽었소' 하고 고개조차 제대로 들지 못하고 있었다.

그러던 어느 날의 일이었다. 조정대신 왕윤(王允)이 몇몇 사람들을 자택에 불러 생일잔치를 열었다.

술이 몇 순배 돌아가고 흥이 나기 시작할 무렵에 왕윤이 갑자기 훌쩍훌쩍 울기 시작했다.

"이 경사스러운 날에 어째서 눈물을 흘리시는 것입니까?"

주위 사람들이 이상하게 여겨 물었다.

"사실은 오늘은 내 생일도, 아무것도 아니오. 여러분과 얘기를 나누고 싶었으나 동탁에게 의심을 사서는 안 되겠기에 그렇게 둘러댄 것 뿐이오."

왕윤은 눈물을 닦으며 말했다.

"이대로 가다가 한나라는 동탁에게 멸망당하고 말 것이오. 대신 지위에 있으면서 동탁의 횡포를 막을 수 없는 무력한 내 처지를 생각하니까 눈물이 멈추지를 않는구려."

이 말을 듣자 그 자리에 모인 사람들 모두 비통한 심정이 되어 말없이 눈물을 흘렸다.

그때, 뒤쪽에서 '으하하하!' 하고 커다랗게 웃는 소리가 났다. 깜짝 놀라 사람들이 뒤돌아보니 한 젊은 관리가 구석자리에 앉아 술잔을 기울이며 자못 우습다는 듯이 깔깔대고 있었다.

"맹덕이 아닌가? 무엇 때문에 그리 경망스레 웃는가? 그대 역시

대를 이어 한나라 조정을 섬기는 몸이 아닌가?"

왕윤이 화를 내며 꾸짖었다.

이 젊은 벼슬아치는 5년여 전 영천에서 황건적을 무찌르던 기병대장인 바로 그 조조(曹操)였다. 자(중국과 한국 등지에서 관례〔성인식〕때 지어주는 이름으로 상대방을 주로 자로 불렀다)를 맹덕(孟德)이라고 하고, 패국 초군의 태생으로 전한의 재상 조참의 후손인데다 황제 친위대의 교위직에 있었다.

"실력도 꽤나 있다고 들었는데……."

누군가가 혀를 찼다.

그러나 어느 누구도 조조가 굉장한 꾀보라는 사실을 모르고 있었다. 조조는 어렸을 때부터 머리가 잘 돌아가고 날카로운 재치를 발휘하곤 했었다.

언젠가 소년 조조가 너무 심한 장난을 쳐서 이웃 사람들을 난처하게 만들었기 때문에 숙부가 조조의 부친에게 일러바쳤다. 그래서 조조는 부친한테 심한 꾸지람을 들었다.

그로부터 얼마쯤 지난 뒤, 그 숙부가 조조의 집으로 오는 것을 보자 조조는 다짜고짜 땅바닥에 벌렁 나자빠져 입에 흰 거품을 물며 눈 흰자위를 드러내고 손발을 버둥거렸다. 깜짝 놀란 숙부는 집으로 뛰어 들어가 조조의 부친에게 자세한 내용을 고했다. 부친이 황급히 달려 나왔다.

조조는 어느 틈에 일어나 옷에 묻은 흙먼지를 말끔히 턴 채 놀고 있는데 별로 달라진 모습이 없었다.

"숙부는 네가 간질을 일으켰다고 하던데 벌써 나았느냐?"

부친이 묻자, 조조는 가늘고 날카로운 눈을 살짝 번뜩이며 전혀 모르겠다는 듯이 대답했다.

"저에게 그런 병이 있다고요? 이는 틀림없이 숙부님께서 저를 미워하고 있기 때문에, 있지도 않은 일을 아버님께 고해 바쳤을 겁니다."

그 이후 조조의 부친은 숙부를 전혀 신용하지 않게 되었고, 조조는 마음놓고 장난을 즐겼다고 한다.

아무튼 보통 사람들이 쉽게 생각하지 못하는 이런 재치를 발휘하여 조조는 차츰 주위의 인망을 쌓고 있었는데 당시 낙양성의 몇 안 되는 젊은 장군으로서 동탁에게서조차 상당한 대접을 받는 위치에 있었다.

"아, 실례했습니다."

조조는 재빨리 웃음을 멈추고 사과했다.

"제가 웃은 것은 조정의 대신들께서 밤새워 아침까지 울고, 아침이 되면 다시 눈물을 흘리시는데, 동탁을 눈물로 죽일 수 있다면 얼마나 좋을까 하고 생각했기 때문입니다."

조조의 말이 너무나 대담하게 야유하는 투라 왕윤을 위시해 모두가 불쾌한 얼굴이 되었다.

"그렇다면 그대에게 동탁을 제거할 수 있는 계책이라도 있단 말인가?"

왕윤이 화가 나는 것을 꾹 참고 물었다.

"있다면 어떻게 하시겠습니까?"

조조는 시원시원하게 대답했다.

"제가 동탁의 마음에 들도록 행동하고 있는 것은 그의 신변 가까이에 바짝 접근할 수 있는 기회를 노리기 위한 것입니다. 듣자 하니 왕윤대감께서는 대대로 전해 내려오는 귀한 보검을 집 안에 갖고 계시다는데, 그것을 빌려 주신다면 동탁을 보기 좋게 찔러 죽여 버리겠습니다."

"그대야말로 한나라를 구할 사람이오."

뛸 듯이 기뻐한 왕윤은 곧바로 안채로 들어가 보검(칠보도)을 꺼내다가 조조에게 건네주었다.

"감사하게 빌려 가겠습니다. 그럼, 좋은 소식을 기다려 주십시오."

이튿날 아침, 조조는 보검을 허리에 차고 동탁의 저택으로 향했다.

'동탁을 찔러 죽일 수 있다면 내 이름이 천하에 알려지게 될 거야. 세상을 호령하는 것이 꿈만은 아니겠지.'

조조의 야망은 한껏 부풀어 오르고 있었다.

'하지만 실패하면 내 목숨이 사라진다. 어느 쪽이든 간에 이 보검이 나의 운명을 결정지어 줄 테지.'

조조는 허리의 검집을 어루만졌다. 보검이 내뿜는 예리한 차가움이 손바닥에 느껴지는 듯했다.

마침내 조조가 동탁의 저택에 도착했다. 집안사람에게 동탁이 있는 장소를 물어보니 거실에 계신다고 하여 조조는 그대로 안채로 들어갔다.

동탁은 때마침 침상에 걸터앉아 있었고, 여포가 방천화극을 들고 옆에 지키고 서 있었다.

"어찌된 일인가, 조조? 너무 늦지 않았는가?"

"죄송합니다. 제 말이 마르고 힘이 없어 걸음이 형편없이 느려서요."

"그런가? 마침 서량에서 좋은 말을 여러 필 헌상해 왔네. 한 마리를 자네에게 주겠네."

동탁은 여포를 돌아다보고 지금 곧 좋은 말을 하나 골라 조조에게 선물로 주라고 명했다.

여포가 방을 나가자 동탁은 비스듬히 침상에 눕더니 천천히 벽쪽으로 몸을 돌렸다. 살이 너무 쪄 오랫동안 앉아 있을 수가 없었던 것이다.

'됐다! 이것으로 네 놈의 운도 다했다!'

마음속으로 부르짖으며 조조는 동탁을 찌르려고 보검을 빼어 들었다.

그 순간, 조조의 모습이 벽에 걸려 있는 거울에 비쳤다. 그것을 보게 된 동탁이 휙 돌아눕더니,

"조조, 무엇을 하는 거냐!"

하고 소리를 질렀다.

그때 마침 밖으로 나갔던 여포가 막 문을 열고 들어왔다.

조조는 순간적으로 기지를 발휘하여 재빨리 보검을 양손으로 받쳐 들고는,

"근래에 보기 드문 보검을 손에 넣었기에 상국님에게 헌상하려고 이렇게 가져왔습니다."

하고 둘러대며 동탁 앞으로 내밀었다.

"그래, 어디 한번 보세."

동탁이 보검을 받아들고 살펴보며 감탄하고 있는 사이에 조조는 검집을 여포에게 건네준 후, 뜰로 내려가 여포가 가져온 말을 시험 삼아 타보겠다고 하며 그 자리를 물러나왔다. 말에 오르자 조조는 곧장 성문으로 달려가 줄행랑을 쳤다.

상당한 시간이 지났는데도 조조가 돌아오지 않자 마침 이상히 여기고 있던 여포가,

"조조는 다시 돌아오지 않을지도 모릅니다. 조금 전 보검을 바칠 때의 모습이 아무래도 좀 수상했습니다."

하고 동탁에게 말했다.

"음, 나도 뭔가 미심쩍다고 생각했다."

동탁은 고개를 끄덕이고 사람을 조조의 집으로 보내 사정을 알아보게 했다.

그랬더니 보고가 들어오기를, 조조의 집에는 아무도 없고, 조조는 동쪽 성문으로 급히 말을 달려와서는, 문지기에게 성문을 열게 하고는 말에 채찍을 가해 급하게 달려가 버렸다는 것이었다.

"그렇다면 틀림없이 조조 녀석, 나를 암살하려고 하다가 여의치 않으니까 도망을 쳤구나. 제법 재능이 있는 녀석이라 은혜를 베풀어 주었는데 배신을 하다니, 고얀 놈이로군."

화가 난 동탁은 즉각 조조를 체포하라고 명하고, 막대한 상금을 내걸어 얼굴 그림까지 그려 각지에 내려 보냈다.

한편, 성 밖으로 도망쳐 나온 조조는 수배령이 내릴 것이라 짐작하여 낮에는 숨고 밤에는 말을 달려 고향으로 향했다.

이윽고 낙양에서 상당한 거리에 있는 중모현의 관문(검문소)에 다다랐다. 조조가 도착했을 때는 관문을 닫기 직전인 저녁 무렵이었으나 수비병은 통행하는 사람을 일일이 불러 세우고 한 명 한 명 조사를 하여 통과시키고 있었다. 조조는 슬쩍 둘러댔다.

"저는 낙양과 강남을 오가는 행상인으로 황보라고 합니다. 장삿길이 바쁘니 늦기 전에 통과하게 해 주십시오."

그런데 수비병사는,

"순서대로 기다려라."

하고는 자신의 손에 든 수배자 인상서와 조조의 얼굴을 자세히 비교해 보았다. 그리고는,

"잠깐 이리 오너라."

하고 조조를 초소로 연행하더니 곧 현령 앞으로 끌고 갔다.

"이 사람은 아무래도 수배자의 인상서와 닮은 것 같아 데려 왔습니다."

"조조다, 조조가 틀림없다!"

한번 보자마자 현령이 조조를 가리키며 소리쳤다.

"나는 1년 가량 낙양에서 관리생활을 했는데, 그때 몇 번인가 본 적이 있기 때문에 얼굴을 정확히 기억하고 있다. 옥에 가두어라."

현령은 조조를 옥에 집어넣었다. 아마 내일 해가 뜨면 낙양으로 압송할 작정인 듯했다.

'이제는 모든 것이 끝장이구나……'

조조는 옥 안에서 눈을 감고 체념했다. 내일이면 동탁의 손에 넘겨져 끝내는 처형당할 것이 틀림없었다.

그런데 밤이 되자, 현령이 슬그머니 옥으로 조조를 찾아와서는,

"귀하는 동상국의 총애를 받았다고 들었는데 왜 그를 암살하려고 했는가?"

하고 물었다.

"나는 한나라의 신하이지 동탁의 부하가 아니다. 조정을 업신여기고 온갖 횡포를 부리는 동탁을 제거하려고 하는 것은 당연한 일 아니겠느냐?"

조조는 이미 죽음을 각오한지라 떳떳이 얼굴을 들고 대꾸했다.

"흠, 그렇다면 여기서 붙잡히지 않았으면 어떻게 할 작정이었는가?"

"두말할 필요도 없다. 고향으로 돌아가 의병을 모으고 각지의 군웅을 규합하여 동탁을 타도할 연합군을 일으킬 작정이었다."

이 말을 듣자, 현령은 서둘러 조조의 포승을 풀어주었다.

"내 이름은 진궁(陳宮)이라고 하오. 벼슬은 하고 있지만 속된 관리는 아니오. 오랫동안 세상을 구할 영웅을 애타게 찾고 있었소. 아무래도 귀하가 바로 그분인 것 같소. 나는 지금 당장 관직을 버리고 귀하의 뒤를 따르겠소."

전혀 예상치 못한 일이었다.

"나의 운이 아직은 다하지 않았나 보구려!"

조조는 너무나 기뻐 진궁의 손을 꽉 움켜 잡았다.

두 사람은 곧 채비를 갖추고 그날 밤 안으로 중모현을 떠나갔다.

2

두 사람은 그날부터 낮에는 숲 속에 숨어 쉬고 밤에는 길을 재촉하여, 3일 후 날이 어둑해질 무렵에 성고(成皐)라는 곳에 당도했다.

"이 근처에 나의 아버님 친구인 여백사라는 분이 살고 있소. 오늘 밤에는 그 분의 집에서 묵고 갑시다."

"그것 참 잘 됐습니다."

그 집은 마을 밖의 숲 안쪽에 있었다. 두 사람은 말에서 내려 말을 나무에 매어 놓고 집 안으로 들어갔다.

"이게 누구냐, 맹덕 아니냐?"

여백사는 찾아온 조조를 보고 깜짝 놀랐다.

"자네의 인상이 그려진 수배서가 여기에도 나돌고 있어. 자네 부친은 관아의 추궁을 피해 진류에 머물고 있다고 들었네. 그런데 어떻게 해서 여기까지 올 수 있었는가?"

조조는 지금까지 겪은 일을 대충 간추려 얘기하고 진궁을 소개했다.

"이런 고마울 데가……, 귀하가 없었다면 조씨 일족은 큰일을 당했을 것이네. 이 늙은이가 감사의 말씀을 드리네. 누추한 집이지만 부디 편안히 쉬어 가시게나."

여백사는 진궁에게 고맙다는 인사로 몇 번이나 머리를 깊숙이 숙였다. 그리고 두 사람을 안쪽에 있는 방으로 안내하고는 나귀를 타고 집을 나섰다.

"마침 술이 떨어져 이웃 마을로 사러 갔다 와야겠네."

조조와 진궁은 방에서 휴식을 취하고 있었다. 얼마쯤 있으니까 집 뒤쪽에서 '슉슉' 하고 칼을 숫돌에 갈고 있는 듯한 소리가 들렸다. 두 사람은 긴장한 얼굴로 마주보았다.

"여씨 집안과 나의 아버님께서는 다소 교분이 있으나 그리 절친하지는 않소. 혹시 술을 사러 간다고 한 것은 거짓말이고, 관아에 밀고하여 병사들을 데리고 올지도 모르오?"

"그런 야박한 짓을 할 분처럼 보이지는 않던데요."

"아무튼 가만히 있을 수는 없고 뒤쪽으로 가서 한번 살펴봅시다."

진궁도 칼 가는 소리에 의심이 들던 차라, 함께 살금살금 집 뒤쪽으로 돌아가 보았다.

그랬더니 몇 사람이 칼을 숫돌에 갈며,

"심하게 반항을 할 텐데?"

"그렇다면 아예 목 졸라 죽이면 어떨까?"

"그보다는 기회를 봐서 일격에 목젖을 따는 게 좋을 거야."

하고 제각기 한마디씩 하는 소리가 똑똑히 들렸다.

"걱정한 그대로군. 이대로 있다가는 우리가 당하겠네. 어서 선수를 치세."

조조는 진궁에게 속삭이고 즉시 칼을 뽑아 휘두르며 그들을 덮쳤다. 진궁도 뒤따랐다.

"으악, 으악!"

두 사람은 정신없이 그곳에 있던 남녀 8명을 죽이고 나서 '휴우' 하고 안도의 숨을 내쉬었다. 하지만 부엌 구석을 보고는 얼굴색이 확 변했다. 한 마리의 돼지가 새끼줄에 묶인 채 버둥거리고 있었던 것이다.

"우리가 엄청난 오해를 했군요."

"음, 그러나 이미 엎질러진 물. 어서 도망을 치세."

조조는 진궁을 재촉하여 두 사람은 말을 타고 황망히 그곳에서 도망쳐 나왔다.

숲을 빠져 나와 2리 가량 말을 달려 간 곳에서 마침 나귀 등에 술독을 싣고 오는 여백사를 만났다.

"왜 벌써 가려는가? 밤이 깊은데 쉬었다 가지?"

"아무래도 아저씨께 누를 끼치게 해서는 안 될 것 같아서요."

"무슨 소리인가, 그런 걱정은 조금도 하지 말게. 식구들에게 돼지를 잡아 맛있는 음식을 잔뜩 장만하라고 일러 두었네. 자, 어서 돌아가세."

"아닙니다, 길을 서둘러야 하니까요."

자꾸만 만류하는 여백사를 뿌리치고 두 사람은 갈 길을 서둘렀다.

그러나 조조는 무슨 생각을 했는지 말머리를 되돌리더니 여백사에게 달려가 칼을 빼들고,

"오오, 맹덕! 돌아와 주었군."

하고 기쁜 듯이 뒤돌아보는 여백사를 단칼에 베어 버렸다.

"아니, 어떻게 그런 일을!"

진궁이 너무 놀라 어처구니없어 하자 조조는 태연히 대꾸했다.

"저 사람이 집에 돌아가 가족들이 죽은 것을 보면 가만히 있지 않을 걸세. 관아에 알리고 추격대가 쫓아올 것이 뻔하네. 그렇게 하

지 못하도록 뿌리를 뽑은 걸세."

"죄가 없는 것을 뻔히 알고 있으면서 죽이는 것은 옳은 일이 아니지 않습니까?"

"그럴 지도 모르네. 하지만 나는, 남을 버릴지언정 남이 나를 버리는 것은 용서할 수 없다네."[*]

조조의 지독한 대꾸에 진궁은 입을 다물었다.

그날 두 사람은 밤새 달려 멀리 도망친 후 새벽 무렵에 조그마한 여인숙에 숙박했다.

"무서운 사람이로군."

코를 골며 자고 있는 조조를 응시하며 진궁은 중얼거렸다.

'세상을 구할 인물이 나타나기 위해서는 대체 얼마나 많은 희생자를 필요로 하는 것일까?'

진궁의 눈앞에 겹겹이 쌓여 있는 백성들의 시체와 아비규환의 모습이 환영처럼 나타났다.

'이런 매몰찬 인간을 살려 두었다가는 나중에 엄청난 재앙이 될 것이 틀림없어!'

영교아부천하인 휴교천하인부아(寧交我負天下人 休交天下人負我)
"내가 세상을 저버릴지언정, 세상이 날 저버리게 하지는 않을 것이다."라는 뜻으로 조조가 여백사 살인을 옳지 못한 행동이라 지적한 진궁에게 차갑게 내뱉은 말이다. 자신의 실수지만 후환이 두려워 여백사를 죽이는 조조의 잔인함과 자기 중심의 생각에 실망한 진궁은 조조의 곁을 떠난다.

진궁은 품속의 단도를 꺼내어 조조의 목줄기에 갖다 댔다. 하지만 한순간 마음을 고쳐먹었다.

'나는 이 사람의 뜻에 감동하여 이렇게 뒤를 따라 왔는데 지금 이 사람을 죽인다면, 결국 나 자신을 배신하는 셈이 되지.'

진궁은 단도를 거두어들이고 조용히 몸을 일으켰다. 밖으로 나가 말을 끌어내어 그대로 어디론가 떠나갔다.

3

아침에 잠이 깬 조조는 진궁이 없어진 것을 알았다.

'틀림없이 어제 여백사의 일로 나를 단념하고 떠나갔을 거야.'

조조는 쓴웃음을 짓고 자신도 재빨리 채비를 갖추어 여인숙을 나와 고향으로 향했다.

이후 조조는 밤낮 가릴 것 없이 말을 달려 얼마 후에 고향에 도착했다.

그리고 돈 많은 이웃 사람의 원조를 얻어 동탁 타도의 의병을 일으켰다.

조조가 거병했다는 소식을 듣자 하후돈과 하후연, 그 일족인 조인과 조홍 등이 가병(家兵)을 이끌고 합세하기 위해 달려왔다.

그 밖에 이전과 악진 같은 이름이 꽤 알려진 용사들도 찾아왔다.

조조는 순조롭게 의병을 모으고 나서 반동탁연합군[*]을 결성하기 위해 각지의 군웅들에게 동탁 타도를 위해 궐기하자고 호소했다.

동탁은 조정을 업신여기고 세상 사람들을 괴롭히는 흉악한 역적이다. 우리는 천자의 밀칙(密勅=황제의 비밀 명령)을 받아 동탁 토벌 군사를 일으켰다. 조정을 돕고 백성들을 구할 마음이 있는 영웅들은 즉각 병사를 이끌고 궐기하여 함께 싸우지 않겠는가!

밀칙을 받았다는 것은 조조가 지어낸 말이었으나, 그래도 명분이 있었으므로 남양의 원술(袁術, 기주의 한복, 서주의 도겸, 서량의 마등, 장사의 손견, 발해의 원소 등 각지의 군웅들이 각각 적게는 수천에서 많게는 2, 3만의 병력을 이끌고 산조 땅을 향해 진군을 시작했다.

북해태수 공손찬(公孫瓚)도 그런 군웅들 중 한 사람이었다. 1만 5천 명의 병사를 이끌고 산조를 향해 가다가 평원현에 이르렀을 때, 몇 백의 병사를 거느린 일행이 공손찬을 기다리고 있었다. 누군가 하고 자세히 보니 관우와 장비를 거느린 유비 현덕이었다.

"오래간만입니다. 동탁을 치러 이곳을 지나가신다는 소식을 듣고 기다리고 있었습니다."

유비는 말을 가까이 몰고 가서 인사를 했다. 공손찬은 노식 밑에서 함께 공부한 사이로 유비에게는 동문의 선배였다.

"오래간만이군. 자네, 지금 무엇을 하고 있는가?"

"평원현의 현령을 맡고 있습니다."

하고 유비가 대답했다.

그때는 감찰관을 혼내주고 안희현을 떠나고 나서부터 상당한 세월이 흐른 뒤였다.

처음에 삼형제는 유비의 친지를 찾아가 몸을 숨기고 있었으나, 때마침 도적떼가 되어 일어난 황건 잔당의 토벌에 참가하여 공을 세웠다. 그 공로에 의해 감찰관을 욕보인 죄를 용서받고 평원현의 현령으로 발탁되었던 것이다.

"자네와 같은 인물이 지방관리로 있는 것은 아깝네. 나는 지금부터 조조의 호소에 응해 동탁을 정벌하러 가는데 자네도 함께 힘을 합치는 것이 어떻겠나?"

"그럴 생각으로 저희 삼형제는 병사를 이끌고 기다리고 있었습니다."

이렇게 하여 유비 삼형제는 공손찬 진영의 부장(副將)이 되어 반동탁 연합군에 가담하게 된다. 이들은 계속 남쪽을 향해갔다.

그런 어느 날 장비가,

반동탁연합

조조의 격문으로 황실의 부흥이라는 대의명분을 위해 함곡관 동쪽 지방에 17로 제후 연합군이 결성된다. 하지만 연합군은 그 뜻을 이루지 못하고 해산하게 된다. 제후들의 이해관계가 서로 다른데다가 자기 잇속만 차리려고 했고, 심지어 다른 군벌이 공로를 세울까 염려하여 전투까지 방해했기 때문이다.

"몇 년 전 우리가 의병대를 이끌고 영천 부근에서 장각에게 쫓겨 도망치는 동탁을 도와준 일이 있었는데, 그때 내가 동탁을 죽이려고 하는 것을 형님들이 말리지만 않았던들 지금 와서 토벌이니 뭐니 하고 번거롭게 나설 필요가 없었을 겁니다."

라고 투덜거리자,

"말도 안 되는 소리하지 말게나. 모두 지나간 일이야."

하며 관우가 정색을 하고 꾸짖었다.

유비는 웃으면서 세상일이란 장차 어떻게 될지 알 수 없다며 장비를 위로했다.

공손찬의 병력과 함께 유비 삼형제가 산조에 도착해 보니, 이미 각지의 군웅들이 속속 도착해 있어 그 병영이 100리에 걸쳐 뻗어 있었다.

"이 정도의 연합군을 모을 수 있다니, 조조라는 분은 범상한 인물이 아니군요."

관우가 말했다.

"맞네."

유비는 오래전 의병대를 이끌고 황건적을 토벌한 당시 스쳐 지나간 조조의 모습을 머릿속에 떠올렸다. 당시의 직감이 틀리지 않았다고 확신하고 있었다.

군웅들의 병력이 대부분 도착하자 조조는 일동을 모아 놓고 회의를 열었다. 그 자리에서 조조는 원소를 동탁 토벌 연합군의 맹주로

추천했다. 원소는 4대를 이어 조정의 최고 직위인 삼공(三公)[*]을
배출한 후한 최고의 명문 집안 출신이었기 때문에 반대하는 군웅이
아무도 없었다.

맹주로 추대된 원소는

"일찍이 내가 동탁을 베려고 했으나 뜻을 이루지 못했소. 그 한
을 지금에 와서 푼다고 생각하니 감개무량하오. 여러 군웅들과 함께
마음을 하나로 하고 힘을 합쳐 동탁을 쳐부술 것을 맹세하오!"

하고 결의를 다짐하고, 장사태수 손견(孫堅)에게 선봉으로 낙양
동남쪽에 있는 관문 사수관을 공격하여 점령하라고 명했다.

"알겠습니다."

호랑이 장군이라고 불리워질 정도로 용맹하여 두려움의 대상이
었던 손견은 용기백배하여 수하의 병사를 이끌고 사수관으로 쳐들
어갔다.

삼공(三公)

한(漢)나라 초기에 승상(丞相)·태위(太尉)·어사대부(御史大夫) 등 최고위직이 이에 해당하였다. 그러나 삼공
(三公)이란 명칭을 사용한 것은 후한(後漢) 때로 태위·사도(司徒)·사공(司空)을 말하는 것이었는데, 사도는 승
상, 사공은 어사대부와 동일한 것이었다. 후한 말기에 삼공 벼슬까지 매관매직이 되어 실권을 잃고 명예직이 되
었다.

✝ 호뢰관과 사수관

동탁이 권력을 장악한 후 날로 폭정이 심해지자 뜻있는 인사들은 낙양을 탈출하여 고향으로 돌아가서 동탁을 무찌르기 위한 반동탁 의병을 일으킨다. 이때 조조가 주동이 되어 연합군을 편성하고 각지 군웅들의 호응을 얻어 진격하는데 동탁은 기수관에 화웅, 호뢰관에 여포를 파견하여 연합군을 저지했다.

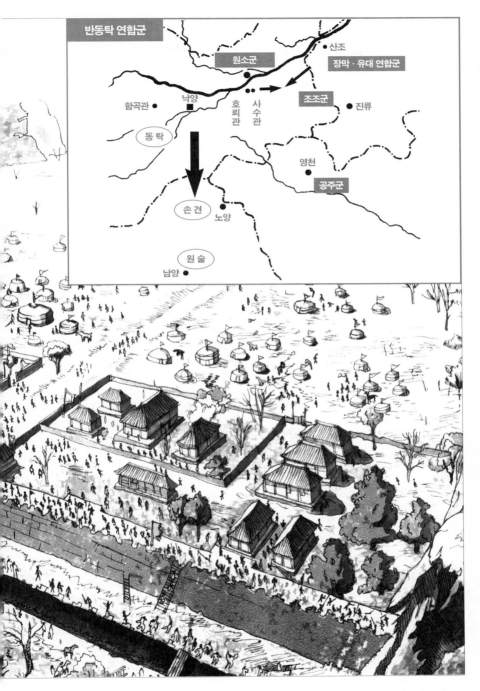

불타는 낙양

1

원소를 맹주로 받드는 반동탁 연합군이 산조 땅에 모여 회동하고, 선봉장 손견이 사수관으로 쳐들어갔다는 소식이 낙양의 동탁에게 전해졌다.

"원소와 조조, 그놈들이 모두 나섰단 말이지. 괘씸한 놈들 같으니라구."

동탁은 손견의 용맹에 대해 들은 바가 있는지라 여포에 버금가는 맹장 화웅(華雄)*에게 5만 병력을 내주고 사수관으로 나가 막도록 했다.

"기껏해야 여기저기서 긁어모은 오합지졸일 테니까 단숨에 짓밟아 아예 숨도 못 쉬게 만들어 놓겠습니다."

큰소리를 '탕탕' 치고 화웅은 사수관에 도착하는 즉시 손견의 진영에 야습을 가했다. 손견은 이렇게 빨리 오리라고 예상하지 못한 탓에 불의의 일격을 당하고 말았다.

"손견이 단 한번에 패배하다니……."

연락을 받고 크게 놀란 원소는 군웅들을 본진에 모아 놓고 대책 회의를 열었다.

용맹으로 널리 알려진 손견이 화웅의 일격에 패배했다고 해서 모두들 기운이 없고 목소리도 제대로 나오지 않았다. 그런 와중에 공손찬의 뒤에 서 있는 세 사람만이 겁 없는 미소를 띠며 일동을 둘러보고 있었다.

"공손찬님, 귀하의 뒤에 서 있는 인물은 대체 누구요?"

원소가 힐책하듯이 물었다.

"이 사람은 저의 오랜 친구로 유비 현덕이라는 사람입니다."

하고 소개하자 원소는 고개를 끄덕이더니,

"공손찬님과 친구 사이라면 이쪽에 와서 앉게나."

하고 군웅들과 마찬가지로 유비에게 자리를 내주어 자리에 앉게 하자, 관우와 장비가 그 뒤에 가서 섰다.

그때, 연락병이 얼굴색이 파랗게 변해 뛰어 들어왔다.

화웅(華雄)
동탁(董卓)의 장수로 키가 9척이나 됐다. 반동탁연합군이 군사를 이끌고 쳐들어왔을 때, 여포에게 '닭 잡는데 어찌 소 잡는 칼을 쓰리오'라 말하고 달려가서 손견을 무찌르고 조무를 죽이는 등 용맹을 떨쳤다. 삼국연의에서는 관우의 청룡언월도에 한 잔 술이 식기도 전에 목숨을 잃지만, 정사에는 손견에게 패배하여 죽었다고 기록되어 있다.

"화웅이 병력을 이끌고 이쪽으로 공격해 들어오고 있습니다!"

화웅은 손견을 격파한 기세로 단숨에 승부를 낼 속셈인 것 같았다.

"누군가 맞받아치고 나가 싸울 대장은 없는가!"

원소가 외치자, 원술의 부장 유섭(兪涉)이 앞으로 나왔다.

"저에게 맡겨 주십시오."

"좋다, 어서 가라."

유섭은 몸을 날려 밖으로 달려 나갔다. 하지만 일각도 채 못 되어,

"유섭님은 3합도 채 싸우지 못하고 화웅에게 당했습니다!"

하는 보고가 들어왔다. 일동이 놀라 질려 있는데 한복(韓馥)이 나섰다.

"부하 장수 중에 반봉(潘鳳)이라는 대장이 있습니다. 큰 도끼를 무기로 하여 잘 싸웁니다. 이 사람이라면 능히 화웅을 무찌를 수 있을 것입니다."

원소는 즉시 반봉을 불러 출동을 명했다. 반봉은 큰 도끼를 손에 들고 말을 달려 나갔으나 오래 기다릴 것도 없이 곧 파발마가 달려왔다.

"패배했습니다. 반봉님도 화웅에게 당했습니다."

"에잇, 모두들 칠칠치 못한 녀석들뿐이구나. 화웅을 무찌를 만한 인물이 여기에는 하나도 없단 말인가? 내 부장 안량이나 문추를 데려와야 하는 건데⋯⋯."

원소는 혀를 끌끌 차며 짜증스러운 듯이 목소리를 높이고는 주위

를 둘러보았다. 하지만 군웅들 모두 원소와 눈을 마주치는 것이 두려워 아래를 내려다보거나 옆을 돌아보거나 하고 있었다.

유섭과 반봉을 일거에 무찌르고 기세가 오른 화웅은 병사들에게 승리의 함성을 지르게 했다. 이대로 가면 화웅이 연합군의 본진으로 밀려들어오는 것은 시간문제였다. 군웅들 가운데 겁을 집어먹고 엉거주춤 자리를 피하려는 사람까지 있었다.

바로 그때였다.

"분부만 하신다면 화웅의 목을 제가 베어다 바치겠습니다."

나직하지만 힘이 실린 목소리와 함께 앞으로 나온 인물이 있었다. 불그스레한 대춧빛 얼굴에 기다란 수염을 배꼽 근처까지 늘어뜨리고, 눈초리가 째졌는데 기개가 넘쳐 보이는 건장한 사나이였다.

"그대는 누구인가?"

"유비님의 의동생 관우라고 합니다."

"관직은 무엇인가?"

"마궁수*를 맡고 있습니다."

마궁수는 졸병은 아니지만 신분이 매우 낮은 병사였다.

"물러서라. 잡병 주제에 함부로 나서다니!"

마궁수(馬弓手)
마궁수는 말을 타고 화살을 쏘는 일반 병사이다. 유비는 지금의 군수 정도에 해당하는 현령이었으므로 북평태수 공손찬의 도움이 없었다면 유비, 관우, 장비는 제후들이 모인 자리에 있을 수 없었을 것이다.

"아아, 잠깐 기다리시오."

관우를 큰소리로 꾸짖는 원소에게 조조가 나서서 말렸다.

"이 사나이는 상당히 씩씩하고 늠름하오. 한 번 화웅과 겨룰 기회를 주면 어떻겠소?"

조조는 술잔에 따뜻하게 데워진 술을 가득 부어 관우에게 내밀었다.

"관우라고 했던가? 이것을 마시고 나가 싸워라."

"아닙니다, 돌아온 다음에 마시겠습니다."

관우는 술잔을 받아 탁자 위에 내려놓으며 싱긋 웃더니 밖으로 나갔다. 청룡언월도를 들고 한 번 힘차게 휘두르더니 말에 훌쩍 올라탔다.

이미 화웅이 이끄는 병력은 연합군의 본진 바로 앞까지 육박해 있었다. '와아 와아' 하는 함성이 산이라도 무너뜨릴 정도로 요란하게 울려 퍼지고, 북소리, 징소리, 말발굽소리가 천지를 진동시키듯이 들려왔다.

그런데 이 모든 소리가 한순간에 뚝 그쳐 버렸다.

쥐 죽은듯이 고요한 가운데 '따가닥 따가닥' 하는 말발굽 소리만이 울려 퍼지더니 관우가 연합군 본진의 장막을 열고 들어왔다. 손에는 피가 뚝뚝 떨어지는 화웅의 머리를 들고 있었다.

"그럼, 이 술을 마시겠습니다."

피투성이의 손으로 술잔을 집어 들더니 관우는 단숨에 마셔 버렸다. 술은 아직도 따뜻했다.

이것을 보고 더 이상 참을 수 없게 되었는지 장비가 군웅들 앞으로 뛰쳐나왔다.

"관우형이 화웅을 베었으니까 저는 관문으로 쳐들어가 동탁의 조무래기들을 모조리 짓밟아 놓고 오겠습니다!"

그러자 원소의 사촌 동생 원술이 화를 벌컥 냈다.

"더 이상 잡병들이 분수를 모르고 날뛴다면 나는 병력을 철수시키겠소."

어색한 분위기가 군웅들 사이로 퍼져 나갔다.

조조는 원술을 달래는 한편, 유비 삼형제를 물러나게 하고, 나중에 은밀히 고기와 술을 보내 세 사람을 위로했다.

"무엇이라고, 화웅이 전사했다고?"

사수관으로부터의 보고에 놀란 동탁은 부하 이각과 곽사에게 5만의 병사를 주어 사수관으로 가게 하고, 스스로는 15만 병사를 이끌고 이유와 여포를 좌우 날개로 삼아 호뢰관으로 출동했다. 호뢰관은 낙양으로 통하는 중요한 관문으로 사수관과 멀지 않은 곳에 있었다.

척후병의 보고를 받은 원소는 즉시 군웅들을 두 개 조로 나누어 1개조는 호뢰관으로 가게 하고 다른 1개조는 사수관으로 향하게 했다. 호뢰관 조에 포함된 8명의 군웅은 관문 앞에 도착하자 각자 나뉘어 진을 쳤다.

이것을 본 여포는 5천 명의 정예병을 이끌고 출동했다.

"왔구나. 오늘이 바로 너희놈들의 제삿날이다!"

적토마에 늠름하게 올라 탄 여포*는 방천화극을 휘둘러대며 첫 번째 영채부터 앞을 가로막는 연합군 병사를 베고, 도망치는 자는 적토마 발굽으로 뭉개 버리면서 공격해 왔다. 군웅을 수행하는 이름 있는 대장들이 차례 차례로 도전해 갔다. 그러나 여포의 일격조차 감당하지 못한 채 쓰러져 피보라를 일으켰다.

"어떻게 된 거냐? 나와 맞설 자가 없단 말이냐?"

여포는 마치 아무것도 거칠것이 없듯이 연합군의 진세를 대부분 혼란에 빠뜨리며 의기양양해 했다. 그때였다.

"네 이놈 여포야, 내가 상대를 해 주마!"

여포가 여섯 번째인 영채에 가까이 오자 공손찬이 말을 달려 모 (矛＝기다란 자루 끝에 양날의 칼을 부착한 무기)를 휘두르며 덤벼들었으나 일격에 무기가 멀리 날아가 버렸다. 다급한 나머지 등을 돌린 공손 찬에게 적토마가 따라 붙고 여포의 방천화극이 공손찬의 등판을 꿰 뚫으려고 하는 순간,

"썩 물러나라! 양아버지를 죽인 패륜아야!"

하고 큰소리로 외치며 장비가 옆에서 뛰어들어 장팔사모로 방천

여포의 무용(武勇)

연의에는 여포의 뛰어난 무용이 곳곳에 나타나지만 유비, 관우, 장비와 3:1로 싸웠던 호뢰관 전투가 가장 유명 하다. 당대 최고수의 하나였던 관우, 장비와 2:1 싸움에서도 밀리지 않고 도합 80여 합을 나눌 정도로 강했던 것으로 묘사하고 있다.

화극을 가로막았다.

"네 이놈, 감히 방해를 할 셈이냐!"

여포는 공손찬을 버리고 장비에게 덤벼들었다.

"자아, 한판 붙어보자!"

장비는 온힘을 다해 응전했다. 격렬한 싸움이 시작되었다.

천하무적을 자랑하는 여포의 방천화극과 낮은 신분 때문에 업신여김을 받으며 참아온 장비의 장팔사모가 불꽃을 튀기고, 말과 말의 숨소리조차 거칠게 충돌했다.

사방에 흙먼지가 뿌옇게 피어올랐다. 주위 사람들은 격렬한 싸움에 넋을 잃고 지켜보기만 할 뿐이었다. 싸우기를 무려 50여합. 장비에게 피로의 빛이 나타나기 시작했다. 이것을 알아차린 관우가,

"장비야! 물러서지 마라!"

하고 외치고는 청룡언월도를 휘두르며 여포에게 덤벼들었다.

그러나 여포는 호흡도 흐트러지지 않은 채 관우를 맞아 싸우고, 장비의 장팔사모를 피하면서 30합을 더 싸웠다.

"유비 현덕이 여기에 있다. 여포야, 각오하라!"

그때 유비가 쌍고검을 휘두르며 합세하여 덤벼들었다.

천하의 여포도 이렇듯 세 사람이 협공하자 마침내 견디지를 못하고 말머리를 돌려 도망치기 시작했다. 사이를 두지 않고 삼형제가 말에 채찍질을 가하여 쫓아가자, 연합군 병사들이 '와아' 하고 승리의 함성을 올리며 그 뒤를 따라 갔다.

여포는 무너지기 시작한 병력을 가까스로 수습해 관문 안으로 도 망쳐 들어갔다.

"여포를 물리쳤다!"

연합군 병사들은 일제히 함성을 질렀다.

호뢰관 성루에서 이를 지켜보던 동탁은 천하무적이라고 자신하던 여포의 패전에 크게 낙심했다. 병사들도 적극적으로 싸울 뜻이 없어 보였다.

"이대로 가다가는 승산이 없겠다. 이유, 어떻게 하면 좋겠는가?"

동탁은 안색을 찌푸리며 이유에게 상의했다.

"병력을 철수시켜 일단 낙양으로 돌아가는 것이 좋을 것 같습 니다."

"그러나 병력을 철수시키면 원소 패거리들이 뒤를 쫓아와 낙양을 공격해 올 텐데……."

"그때는 아예 도읍을 옮기면 됩니다."

"도읍을 옮기라고? 천도를 하란 말인가?"

"그렇습니다. 큰맘 먹고 낙양에서 장안*으로 도읍지를 옮기는 것

장안과 낙양

오랫동안 중국 왕조의 도읍지로 쌍벽을 이룬 도시. 흔히 장안은 함곡관을 기준으로 서쪽에 있어 서도(西都), 낙양 은 동쪽에 있어 동도(東都)라고 했다. 동탁은 반동탁연합의 공세에 못이겨 결국 천자를 종용하여 낙양에서 장안 으로 도읍을 옮긴다. 현재 낙양은 허난성의 뤄양이고, 장안은 산시성의 시안이다.

입니다. 우리의 근거지인 서량과 장안이 가깝습니다. 거기서 병력을 재정비하여 원소 패거리들이 뒤를 쫓아온다면 쳐부수는 것입니다. 또 장안은 옛날 국도였으니, 그곳으로 옮긴다면 틀림없이 나라의 운이 새롭게 열릴 것입니다."

"음, 그대의 말이 마음에 쏙 든다."

동탁은 밝은 얼굴로 고개를 끄덕였다.

2

일부 병력은 수비를 위해 호뢰관에 남겨 두고, 동탁은 여포와 함께 낙양으로 돌아가서는 즉시 조정의 신하들을 모아 놓고 천도를 선포했다.

"낙양은 도읍으로서 이미 수백 년이나 이어오고 있다. 그 때문에 건물이 낡고 공기가 탁하고 사람들의 마음도 축 늘어져 있다. 그래서 새로운 기풍을 위해 장안으로 도읍지를 옮기기로 정했다. 즉각 준비를 하는 것이 좋을 것이다."

조정대신들은 갑작스러운 천도에 어안이 벙벙하여 할 말을 잃었다. 한참이 지나서야 가까스로 두세 사람이 반대 의견을 내놓기 시작했다.

"특별한 이유없이 도읍을 옮기면 백성들이 불안해하고 자칫 천하가 어지러워지는 원인이 될 것입니다."

"게다가 장안은 지금 완전히 황폐해져서 도읍지로 적당치 않습니다."

"지금은 천도할 때가 아닙니다. 부디 없던 일로 해 주십시오."

잠자코 있는 대신들도 동탁을 두려워해 나서지 못할 뿐이지 천도를 찬성하는 자는 거의 없는 것 같았다.

"나는 나라의 장래를 위해 오랫동안 고민 끝에 정한 일이다. 뭘 모르는 소리들 작작해라!"

동탁은 울화통을 터뜨리며 반대한 사람들의 관직을 모조리 박탈해 버렸다.

그리고 조당 밖으로 나와 수레를 타려고 하는데 두 사람이 쫓아 나와 열심히 호소했다.

"장안으로의 천도는 절대로 안 될 일입니다."

"부디 없던 일로 해 주시기를 간청합니다."

동탁은 귀찮다는 표정으로,

"내가 결정한 것을 이러쿵저러쿵 반대하는 따위는 용서하지 않겠다. 이놈들을 끌어다가 당장 참수하라."

하고 부하들에게 명하여 목을 베게 했다.

저택으로 돌아오자 동탁은 이유를 불렀다.

"천도의 포고문을 빨리 거리에 붙여라. 우물쭈물하고 있으면 쓸데없이 떠드는 녀석들이 늘어날 테니까."

"알았습니다. 즉시 포고문을 내걸겠습니다."

이유는 머리를 숙이고 덧붙였다.

"지금 우리는 군자금과 군량이 부족한 형편입니다. 그래서 낙양의 부호들로부터 약간의 금품을 거둬들이려고 합니다."

"그것 참 좋은 생각이다. 하지만 자진해서 내라고 하면 놈들은 조금만 내놓고 나머지는 모두 감춰 버릴 것이다. 부자놈들에게 원소와 내통하고 있다는 반신역당*의 죄를 뒤집어씌워 아예 처형해 버려라. 그러면 놈들의 재산은 자연스럽게 우리 것이 되잖느냐."

"저도 그렇게 할 작정이었습니다."

이유는 5천 명의 병사들에게 약탈을 명령했다. 병사들은 몇 개의 부대로 나뉘어 사방으로 흩어져 부자들의 집을 습격했다. 조금이라도 저항하면 체포되었다.

이렇게 하여 체포당한 사람들이 수천 명에 이르는데, 모두 원소와 내통했다는 죄로 처형당했다. 그들에게서 빼앗은 각종 재물은 수레에 실어 우선 장안으로 운반해 갔다.

한편, 여포는 동탁의 명령으로 1만 명의 병력을 이끌고 낙양 북쪽에 있는 북망산* 언덕으로 향했다. 그곳에는 역대 황제와 황후들의 능이나 왕족들의 무덤이 도처에 있었다.

"파내라, 하나도 빠짐없이!"

하고 여포가 명했다.

병사들은 무기 대신 곡괭이를 들고 쉴 새 없이 파헤치기 시작했다. 거기에는 유해와 함께 보석이나 진귀한 금은 장식품 등이 묻혀 있었다. 순식간에 엄청난 양의 금은보화가 발굴되어 쌓여갔다. 수레에 실으니 수백 대에 이르렀다. 여포는 이 수레들을 끌고 장안으로 떠났다.

다음 날 아침 동탁의 지시를 받은 수천 명 가량의 병사들이 집집 마다 돌아다니며 백성들을 집 밖으로 내쫓았다. 그리고는 수백 명씩 백성들을 모이게 하고는 말이나 소를 내몰듯이 장안을 향해 출발시켰다. 행렬 사이에는 일단의 병사들이 끼어들어 뒤떨어지는 자는 사정없이 채찍으로 때렸다.

이미 동탁은 아침 일찍 열한 살 난 황제를 억지로 수레에 태워 장안으로 출발시키고 이런 일들을 빠짐없이 확인하고 있었다.

동탁은 마지막으로 명령을 내렸다.

"아예 낙양을 불질러 버려라."

"예엣?"

놀란 부하들의 눈이 화등잔만하게 커졌다.

반신역당(反臣逆黨)
동탁은 장안으로 천도하기 직전, 낙양 부호들의 재산을 악탈하기 위해 이런 죄목을 뒤집어씌웠는데 여포에게 이네 글자가 적힌 깃발을 들고 다니라고 하였다. 동탁은 낙양의 모든 금은보화뿐만 아니라 무덤에 있던 재물까지 파헤쳐 악탈하여 갔다.

북망산(北邙山)
낙양 북쪽에 있는 산이다. 이곳에는 많은 귀인과 명사들이 살았는데 이들은 죽으면 대개 북망산에 묻히기 때문에 한나라 이후의 역대 제왕과 귀인, 명사들의 무덤이 많은 곳이다. 그래서 북망산은 무덤이 많은 곳, 사람이 죽어서 가는 곳의 대명사로 쓰이게 되었다.

"그래야 낙양으로 돌아올 생각을 아예 잊고 장안에서 살아야 한다고 결심할 게 아니냐."

"알겠습니다."

명령을 받든 병사들은 잠시 후 횃불이나 인화물질이 가득한 수레를 끌고 다니며 낙양의 성문이나 백성들의 집은 물론 궁전이나 종묘(宗廟＝역대 제왕을 제사지내는 곳), 관아 등에 일제히 불을 지르기 시작했다.

불길은 순식간에 번져 나가 수백 여 년 동안 찬란한 문화와 번영을 뽐내던 낙양의 거리가 솟구치는 검은 연기와 불바다 속에서 사라져 갔다.

3

동탁은 이렇듯 만행을 저지르고 장안으로 출발하면서 사수관과 호뢰관의 수비대에게도 철수를 명했다. 수비대는 즉각 관문을 버리고 장안을 향해 떠났다.

"동탁군이 부산한 움직임을 보이고 있습니다."

"후퇴하기 시작했습니다."

척후병으로부터 보고를 받은 원소는 두 곳의 관문을 에워싸고 있던 군웅들에게 돌격을 명했다. 사수관에는 손견이 지난번 패전에 대한 오명을 씻으려고 제일 먼저 돌격해 들어갔다. 호뢰관에는 공손찬이 유비, 관우와 장비를 이끌고 깊숙이 쳐들어갔다.

그런데 두 관문 모두 텅 비어 있고 인기척이 전혀 없었다. 연합군 장수들은 깜짝 놀랐는데 그것보다 더욱 놀란 것은 서북쪽에서 거대한 검은 연기가 피어오르고 있었기 때문이었다.

"낙양 방향이 아닌가?"

"도읍지에서 무슨 일이 일어난 것일까?"

손견을 선두로 해서 연합군의 군웅들은 서둘러 낙양으로 달려갔다.

'이것이 수백 년 영화를 뽐내던 도읍지란 말인가!'

낙양에 도착한 군웅들은 망연자실했다. 눈이 미치는 모든 건물이 검은 연기와 붉은 불길에 휩싸여 있고, 가는 곳마다 검은 숯덩이가 되어 버린 개와 닭, 사람의 시체가 굴러다니고 있어 마치 한 폭의 지옥도를 연상하게 했다.

원소는 정신을 차리고 병사들에게 서둘러 불을 끄고 거리를 청소하도록 지시했다.

그때 조조가 본진으로 달려왔다.

"무엇을 이렇게 꾸물거리고 있는 거요? 동탁을 즉시 추격해야 하지 않겠소."

"아니, 무리를 하지 않는 것이 좋소."

원소는 고개를 흔들었다.

"병사도 말도 지쳐 있소. 얼마 동안 휴식을 취하게 하지 않으면 안 되오."

원소의 말에 다른 군웅들도 고개를 끄덕였다.

사실 원소는 동탁군의 힘을 겁내고 있었다. 그리고 혹시 동탁을 추격하다가 패하게 되면 자신만 손해라고 판단했다.

'꾀보 조조가 오늘따라 왜 이럴까?'

하고 오히려 의아하게 여기고 있었다. 이에 대해 조조는 나름 대로 생각하는 바가 있었다.

'막강한 동탁군과 맞서 싸운 맹장이라는 이미지가 장차 중요 하다.'

물론 명분도 어느 정도 헤아렸다.

"천하의 군웅들이 모여 휴식이나 취하며 빈둥거리고 있으면 언제 동탁을 무찌를 수 있겠소?"

조조가 호소하듯이 외쳤으나 군웅들은 조금도 움직이지 않았다.

마침내 조조는 화를 내며 자기 휘하의 5천 병사를 이끌고 동탁군 의 뒤를 쫓아갔다. 한참 후 조조군은 동탁군의 후미를 따라잡을 수 있었다.

"도망치는 놈들이다. 어서 무찔러라!"

조조의 명령에 용기백배한 병사들이 달려갔다. 그러나 공격할 때 는 선봉이 정예이고, 후퇴할 때는 맨 뒤쪽이 정예병인 법이다. 동탁 군도 이를 모를 리 없었다. 서영은 후미를 담당한 맹장이었다. 조조군과 서영의 병력이 맞붙었다. 싸움은 그리 오래 걸리지 않았다. 참담하게 패배한 조조군은 불과 5백 기만 살아 '걸음아 날 살려라' 하고 도망쳤다.

한편, 군웅들은 낙양성 밖으로 나가 각자 진지를 마련하고 휴식을 취했다. 손견은 다른 군웅과 달리 궁전자리에 진지를 마련하고, 매일 병사를 시켜 불탄 자리를 정리하면서 벽돌과 기와를 치우고 청소하여 조금이라도 깨끗하게 하려고 했다.

그러던 어느 날 밤 한 병사가 보고를 해 왔다.

"남쪽에 있는 우물 근처에서 오색 빛의 보광(寶光)이 피어오르고 있습니다."

손견은 우물로 달려갔다. 횃불에 불을 붙여 병사를 우물 속으로 내려 보내어 무엇이 있는지를 찾아보게 하였더니 궁녀의 시체가 나왔다. 끌어 올려 보니 목에 비단 주머니를 걸고 있었다. 그 안에는 빨간 옻칠을 한 작은 상자가 있고, 보옥으로 만들어진 인장 하나가 들어 있었다.

"이것이야말로 진시황 이래의 전국옥새가 틀림없습니다."

부하인 정보가 놀라 더듬거리며 설명했다.

"진시황의 전국옥새* 라고?"

"네. 진시황제(始皇帝＝진나라의 초대 황제로 기원전 221년에 천하를 통일했다) 때 만들어져 대대로 전해져 내려온 황제의 증표인데, 십상시의 소동 때 행방을 알 수 없게 되었던 것입니다."

"그렇구나. 이것이 내 손에 들어왔다는 것은……."

손권은 다시 한번 상자를 열어 인장을 확인했다.

"그렇습니다. 언젠가 장군님이 천자의 지위에 오르신다는 증표입니다. 더 이상 이런 곳에서 우물쭈물하고 있을 때가 아닙니다. 즉시 강동 땅으로 돌아가 천하를 손에 넣으라는 하늘의 뜻에 따라야합니다.

"기다려라. 천기(天機)를 함부로 입에 담아서는 안 된다."

손견은 번뜩하니 눈을 부라렸다. 상자를 품안에 집어넣더니, 이일에 대해서는 아무에게도 발설해서는 안 된다고 병사들에게 단단히함구령을 내렸다.

다음 날, 손견은 원소를 찾아갔다.

"나는 아무래도 몸의 상태가 좋지 않아 먼저 돌아가야겠소이다."

그러자 원소는 비웃는 듯한 웃음을 띠며 손견에게 말했다.

"나는 귀하가 병든 원인을 알고 있소. 전국옥새 때문이 아니오?"

사실은 병사 중 하나가 상금이 탐나 어젯밤 본진으로 가서 원소에게 슬며시 밀고를 했던 것이다.

"무슨 이상한 얘기를 하는 거요?"

"전국옥새는 조정의 보물, 그러니까 언젠가 동탁을 멸망시켰을 때에는 조정에 바쳐야 할 것이오. 그 보물을 숨기다니 무슨 짓이오?"

"전국옥새라니……, 그런 것 나는 모르오."

손권이 얻은 진시황의 전국옥새

황제가 사용하는 인장 중에서 가장 중요한 것이 옥새. 그것은 하나의 왕조를 초월해서, 중국 천하의 주인임을 증명하는 보물처럼 인식되었다.

진시황 때부터 그 전국옥새가 전해져 왔는데 진나라에서 초·한 격동기를 거쳐 전한에서 후한으로 그동안 많은 사건이 발생했지만 전국옥새는 무사히 전해져 황통(皇統)을 잇는 상징으로써 궁중에 전해져 왔다.

전국옥새에는 '수명우천 기수영창(受命于天 旣壽永昌)' 즉, 명을 하늘에서 받아 그 수명은 영원토록 번창한다는 여덟 글자가 조각되어 있었다. 이것을 가진 자가 천하의 주인인 셈이다. 아니, 천하의 주인은 반드시 이 인장을 소지해야 했다. 황제의 옥새는 최상급의 옥돌로 만들었다. 황태후에게도 옥새가 있었는데 제후의 인장은 금, 그리고 그 이하 벼슬에 따라 은, 동으로 만들었다. 당시 도장은 중요한 확인 절차로 쓰였으나 전국옥새는 사용되지 않고 보물로만 보관되었다.

"당신, 정말 시침을 뗄 생각이오?"

"당신이야말로 나에게 공연한 시비를 걸고 있잖소."

손견이 붉으락푸르락 인상을 쓰며 허리의 검집에 손을 가져가자 부하인 장수 정보와 황개, 한당 등이 휙 하니 칼을 뽑아 들었다. 이 것을 보고 원소의 부하인 장수들 역시 칼을 빼들었다. 이제는 집 안 싸움이 시작될 판이었다. 순간, 다른 군웅들이 황급히 뛰어들어 두 사람을 말렸다.

결국, 손견은 몸을 돌려 본진에서 뛰쳐나가 진지를 거두고는 병 사를 재촉하여 낙양에서 떠나갔다.

"녀석, 역시 전국옥새를 숨기고 있는 모양이군."

화가 난 원소는 형주의 유표에게 사신을 급파하여 손견에게서 전 국옥새를 빼앗아 줄 것을 부탁했다. 그 때문에 손견은 본거지로 가 는 도중에 유표의 습격을 받아 많은 병사를 잃고서야 겨우 강동(江 東)으로 도망칠 수 있었다.

4

동탁을 추격했다가 패배한 조조가 낙양 교외의 연합군 본진에 모 습을 드러낸 것은 손견이 떠난 다음 날이었다. 원소는 군웅들과 함 께 연회를 열어 조조를 위로했으나,

"나는 동탁을 추격하여 대패하고 돌아왔으나 조금도 부끄럽다고는 생각하지 않소. 여러분들이야말로 그들을 쳐부술 좋은 기회를 놓쳐 버린 것을 부끄럽게 여겨야 할 것이오."

라고 조조는 내뱉듯이 소리치고는 연회 도중에 일어나 수하의 병력을 이끌고 양주로 떠나갔다.

동탁을 놓친데다 조조와 손견이 잇달아 떠나자 군웅들간 사이에선 유대관계가 급속히 깨져 버렸다. 멋대로 진지를 거두어 자기 본거지로 돌아가 버린 사람이 있는가 하면, 군량문제로 서로 죽이고 죽임을 당하는 일까지 생겨났다. 더구나 맹주인 원소는 그런 행동을 전혀 제지하지 못했다.

공손찬은 원소로는 가망이 없다고 여겼다.

"이대로 여기에 있어 봤자 좋은 일이 없을 것이네. 우리들도 일단 본거지로 철수하도록 하세."

하고 유비에게 평원으로 돌아가도록 권하고 자신도 영지로 향해 떠났다.

이렇게 하여 차례차례로 떠나가는 군웅들이 늘어났기 때문에 마침내 원소도 진영을 거두고 낙양을 떠나 하내군으로 옮겼다.

그러나 원소 진영은 병사를 많이 거느리고 있었기 때문에 곧 군량이 바닥이 났다. 기주자사 한복이 이것을 알고 식량을 보내 주었다.

"남한테 식량을 적선받다니 한심한 일 아닙니까? 기주는 비옥한 땅입니다. 아예 우리가 점령해 버리는 것이 어떻겠습니까?"

참모인 봉기가 원소의 귀에다 대고 속삭였다.

"나도 그럴 마음은 있지만 좋은 방법이 없잖은가?"

"공손찬을 이용해서 기주성을 차지하고 한복을 쫓아내는 겁니다."

"어떻게?"

봉기는 이러저러한 계책을 내놓았다.

"옳거니. 좋은 방법이야."

원소는 무릎을 치며 감탄하고서 봉기의 계책에 따라 공손찬에게 편지를 보내, 함께 기주를 빼앗아 영지를 반씩 나누어 갖지 않겠느냐고 제안을 했다. 공손찬은 이 유혹에 넘어가 즉각 군사를 일으켰다.

감쪽같이 속였다고 손뼉을 친 원소는 한복에게 밀사를 보내 공손찬이 기주를 공격하려고 한다는 것을 알려 주었다. 놀라고 당황한 한복은 원소에게 도움을 청했다.

"자네의 계책 그대로 되었네."

원소는 봉기를 돌아다보며 웃고는, 기다리고 있었다는 듯이 병력을 이끌고 기주로 달려가 환영을 받으며 입성하여 한복을 내쫓고 기주를 통째로 차지했다.

공손찬은 병력을 이끌고 오다가 원소가 기주 땅을 점령했다는 소식을 듣자 약속대로 자기 몫을 요구해 왔다. 원소는 공손찬에게 땅을 나눠 줄 생각이 처음부터 없었다.

"원소 놈이 속였구나!"

화가 난 공손찬은 원소 진영으로 쳐들어갔다. 원소가 맞받아 공격했다. 양군은 반하에서 격돌했는데, 공손찬은 이 전투에서 두 차례나 목숨을 잃을 뻔하다가 간신히 구제받았다.

첫 번째는 원소의 부하인 장수 문추에게 공격을 당했을 때였다. 필사적으로 도망치다가 말이 발을 헛디뎌 앞발이 부러졌다. 공손찬은 땅바닥에 내동댕이쳐졌다. 문추가 달려와 창을 들어 찔러 죽이려고 했다.

그때 돌연 나타난 소년 장수가 창을 겨누고 문추에게 덤벼들었다. 두 사람이 5, 60합이나 격렬하게 싸움을 벌이고 있을 때, 공손찬의 부하들이 달려 왔기 때문에 문추는 도망쳤다.

그 소년 장수는 바로 창의 명수 조운(趙雲)인데, 상산 출신으로 자를 자룡(子龍)이라고 했다.

"맹주의 휘하에 있었습니다만 그다지 훌륭한 인물이 아닌 것 같아 고향으로 돌아가려고 하던 참이었습니다."

조운이 자신을 돕게 된 과정을 듣자 공손찬은 크게 감동하여 자신을 계속 도와 달라고 간절히 설득하니 조운은 승낙했다.

두 번째는 원소를 궁지에 몰아넣었으나 반격당해 거꾸로 쫓기는 신세가 되었을 때였다. 도망치는 공손찬이 지쳐 있을 때, 함성 소리와 함께 산 그늘에서 일단의 병력이 나타나 원소군에게 덤벼들어 혼쭐을 내주었다. 이것은 관우와 장비를 좌우에 거느린 유비의 병력으로, 원소와 공손찬이 싸우고 있다는 소식을 듣고 평원현에서 달려와 주었던 것이다.

"자네 덕분에 원소에게 이 목을 건네주지 않아도 되었네."

공손찬은 유비에게 거듭 감사해하며

"또 한 사람, 내 목숨을 구해 준 용사가 있다네."

하면서 조운(趙雲)을 소개시켜 주며, 그 무용담을 입에 침이 마르도록 들려 주었다.

"아니, 그 정도는 아닙니다."

조운은 얼굴을 붉히며 어찌할 바를 몰라했다.

'꽤 겸손하고 훌륭한 젊은이로군.'

'이 사람이야말로 내 일생을 맡길 수 있는 주공감이야.'

유비와 조운은 만난 순간 서로에게 강하게 끌렸다.

공손찬과 원소는 그 뒤 서로 대치한 채 움직이지 않았다. 그러자 장안에서 동탁이 조칙을 보내 화해하라고 중재했다.

동탁이 공손찬과 원소에게 은혜를 베풀었다는 명분을 쌓기 위해서 한 일이었다.

공손찬과 원소는 조칙이 동탁의 농간에 의한 것이라는 사실을 알고 있었으나 둘 다 곤경에 처해 있을 때라 화해에 응했다. 화해가 성립되었기 때문에 공손찬이 영채를 거두었고, 유비도 평원현으로 돌아가게 되었다.

그때 조운이 유비를 찾아와,

"공손찬과 원소는 역적 동탁을 토벌하기 위해 군사를 일으켰는데 도 역적을 무찌르기는커녕 서로 싸우다가 역적의 지시를 받고 화해를 하다니 너무나도 그릇이 작습니다. 저들에게 정나미가 떨어졌습니다."

하고 실토하며 부디 자신도 함께 평원현으로 데려가 달라고 부탁했다.

유비는 조운을 데리고 가고 싶었으나 그렇게 하면 공손찬이 난처해질 것이라고 여기어,

"언젠가 다시 만날 기회가 있을 것이네. 그때까지 참고 있도록 하게."

하고 타일러 공손찬 진영으로 가게 했다.

그 무렵에 남양에 있던 원술은 원소가 기주를 손에 넣은 일을 핑계로 1천마리의 말을 선물해 달라고 청했다. 또한 형주의 유표에게도 사자를 보내 군량을 빌려 달라고 했다.

원소와 유표는 모두 원술의 부탁을 일언지하에 거절했다.

"너희가 치사하게 거절한다면 나에게도 생각이 있다."

원술은 앙심을 품고, 원소와 유표가 강동을 공격할 음모를 꾸미고 있다는 거짓 밀서를 손견에게 보내면서 유표를 공격하면 자신이

병력을 보내 돕겠다고 충동질했다.

"유표 놈! 낙양에서 돌아올 때 원한을 갚아 줘야지."

손견은 유표에게 원한이 깊은지라 곧 군선(軍船)을 동원해 장강을 거슬러 올라가 형주의 양양성을 공격했다. 처음에 손견은 승승장구했다. 그러나 유표의 부장 황조를 너무 깊이 추격해 들어갔다가 마구 쏘아대는 화살에 맞아 목숨을 잃고 말았다. 때는 초평 3년 1월 7일, 그의 나이 37세였다.

"손견이 죽었다."

함성을 들은 황조는 재빨리 뒤돌아 반격했고, 이에 손견군은 대장을 잃은 나머지 사기를 잃고 도망치기 바빴다. 그런 가운데 손견의 부하 장군 황개는 자신의 몸을 내던질 각오로 황조에게 달려들었다.

몇 놈이라도 죽이고 주공의 뒤를 따라 가겠다는 결심이었다. 그런데 황조와 마주치게 되자 생각이 바뀌었다.

'저놈이 바로 원수다. 생포하여 주공 영전에 제사라도 지내야겠다.'

황개는 그날 악전고투 끝에 결국 황조를 생포했다.

손견의 장남 손책(孫策)은 이때 17세였는데 부친과 함께 출진해 있었다. 손견은 죽기 전날 밤 무슨 생각이 들었는지 손책을 불러 전국옥새를 내주며 이런 당부를 했었다.

"항상 간직하고 있거라. 나는 한나라의 녹을 먹은 몸으로 어쩔 수 없다만 너는 그렇지 않다. 장차 큰 꿈을 잊지 말라."

그렇게 말한 부친이 그만 죽은 것이다. 망연자실해 있는 손책에게 유표진영에서 연락이 왔다. 포로가 된 황조와 손견의 시신을 맞바꾸자는 제안이었다. 손책은 눈물을 머금고 이 제의에 응하여 손견의 유해를 인수하고 강동으로 돌아와 정중히 장사를 지냈다. 이 일로 인해 강동의 손씨군벌과 형주의 유표진영은 불구대천의 원수가 되었다.

미인을 이용한 함정

1

　동탁 타도의 기치를 내걸었던 연합군은 군웅들의 어처구니없는 처신으로 공중분해되어 버렸다.

　이제 천하 어디를 둘러보아도 동탁에게 대적할 만한 세력은 없었다. 장안은 완전히 그의 독무대가 되었다.

　동탁은 황제를 흉내내어 종자와 수행원을 거느렸고, 먼 친척 어린아이부터 노인까지 높은 벼슬을 주었다. 또한 장안에서 250리 가량 떨어진 미오라는 곳에 장안성 높이에 필적하는 성채를 쌓았다. 그곳에 금은보화를 모아 놓고 일가 모두가 모여 살게 하면서 또 몇 십 년분의 식량까지 비축했다.

　"이 정도의 식량을 쌓아 두면 세상에 무슨 일이 터져도 미오성에 틀어박히면 아무 걱정이 없을 것이다."

동탁은 이렇게 큰소리를 쳤다. 그리고 보름에 한 번이나 혹은 한 달에 한 번 미오성*에서 장안으로 출근했다. 그 옆에는 언제나 방천 화극을 든 여포가 호위하고 있었다.

어느 날의 일이다. 동탁이 대연회를 열었다. 초대받은 조정의 신하들 사이에 술잔이 한 순배 돌았을 무렵, 여포가 뚜벅뚜벅 걸어 들어와 동탁의 귀에 뭐라고 속삭였다.

"좋다, 그렇게 하도록 해라."

동탁은 고개를 끄덕이며 허락했다. 그러자 여포는 곧바로 장온 (張溫)이라는 대신 앞으로 다가가,

"잠깐 나와라."

하고는 다짜고짜 목덜미를 움켜잡더니 밖으로 질질 끌고 나갔다.

얼마 있다가 시종이 접시에 장온의 목을 담아 가지고 동탁 앞으로 가져왔다.

이를 보고 얼굴이 새파랗게 질려 벌벌 떨고 있는 일동에게 동탁은 아무렇지도 않은 듯이 껄껄 웃으며,

미오성
연의에서 동탁이 장안으로 천도한 후 천자가 있는 황궁에 버금갈 정도로 화려하게 지은 성이다. 이곳에서 동탁은 천하의 미녀들을 모아 놓고 자신의 주거지로 삼았다. 하지만 동탁이 권세를 떨친 것은 불과 2~3년인데 과연 그 사이 이런 대 건축을 완성하였는지는 의문이다.

"하하하! 그렇게 놀랄 것 없다. 장온이 원술이란 놈에게 붙어 나를 암살하려고 흉계를 꾸몄기에 처벌을 한 것뿐이다. 여러분과는 아무런 관계도 없다. 안심하고 천천히 술이나 마시기 바란다."

하고는 흥겨운 듯이 술을 벌컥벌컥 마셨다.

그러나 참석한 대신들은 누구 한 사람 맘 편히 술을 마시고 있을 수가 없었다.

왕윤(王允)도 이 연회에 참석하고 있던 대신들 중 하나였다.

집에 돌아오고 나서도 연회에서의 끔찍한 사건이 머리에서 떠나지 않았다. 그는 잠이 오지 않아 뜰로 나갔다. 달빛이 교교하게 비치고 있었다. 문득 이전에 동탁을 찔러 죽이기 위한 보검을 조조에게 건네준 일이 생각났다. 실패는 했으나 조조의 용기에 새삼 머리가 숙여졌다.

'지금 만일 그 보검이 있다면 내 자신, 동탁을 찌를 수 있을까……'

자기 자신에게 자문해 보았으나 왕윤은 힘없이 고개를 흔들었다.

'나에게는 맹덕과 같은 용기가 없구나.'

조정의 고위 대신으로서 동탁의 횡포를 멀건히 눈뜨고 구경하고만 있는 자신의 처신에 노여움이 치밀다가 한편으로는 부끄럽고 한심하다는 생각이 들어 자기도 모르게 눈물을 흘렸다.

그때 모란을 심어 놓은 정자 근처에서 누군가가 긴 한숨을 내쉬는 기척이 났다. 누구일까 하고 발소리를 죽여 가까이 가보니 집안의 가기(歌妓 = 노래를 잘 부르는 노예)로 길러온 초선*이었다.

초선은 어렸을 때부터 왕윤이 거두어 키웠으며 노래와 춤교육을 받았다. 금년에 한창 나이인 16세로 그 아름다움은 어디에 비유할 바가 없을 정도인데다 왕윤은 자기 친자식처럼 귀여워하고 있었다.

"초선이 아니냐?"

왕윤이 말을 걸자 초선은 깜짝 놀라 무릎을 꿇었다.

"밤도 깊은데 이런 곳에서 어째 한숨을 쉬고 있느냐?"

왕윤의 물음에 초선은 얼굴을 쳐들고 진심을 담아 대답했다.

"어렸을 때부터 저를 키워 주시고 자식처럼 귀여워해 주신 주인님의 은혜를 결코 잊을 수가 없습니다. 항상 그 만분의 일이라도 갚을 수 있다면 죽어도 여한이 없다고 생각하고 있는데, 요즘 주인님께서는 무엇인가 나라의 큰일로 고민하고 계신 것 같았습니다. 제가 남자였다면 목숨을 걸고서라도 도움이 되어 은혜를 갚을 수가 있겠지만, 아무 것도 할 수 없는 여자의 몸이 하도 원통해 한숨을 지었던 것입니다."

"아니다. 여자라고 아무것도 할 수 없는 것은 아니다!"

왕윤은 엉겁결에 외쳤다.

"칼 따위는 필요 없다. 동탁을 쓰러뜨릴 방도가 바로 너에게 있

중국의 4대미녀

포사, 왕소군, 서시, 양귀비를 일컫는다. 여기에 조비연 등을 넣기도 한다. 천향국색(天香國色), 경성지모(傾城之貌), 경국지색(傾國之色) 등은 미녀를 일컫는 말이다. 초선도 이에 못지않는 미녀로 전해진다. 왕윤이 '너무나도 아름다운 초선의 미모에 달도 구름 사이로 숨어 버렸구나.' 라 하여 폐월(閉月)이라는 별명도 가지고 있었다.

었구나!"

달빛에 비친 아름다운 초선의 모습에서 퍼뜩 좋은 생각 하나가 떠올랐던 것이다. 왕윤은 초선을 데리고 집 안으로 들어가더니 초선 앞에 무릎을 꿇었다.

"왜 이러십니까? 주인님."

기겁하게 놀라는 초선에게 왕윤이 간절히 말했다.

"동탁을 죽여 천자님과 백성들의 괴로움을 없애주고 세상에 바른 이치를 가르쳐 줄 사람은 너밖에 없다."

"그것은 또 무슨 말씀이십니까?"

"동탁 옆에는 언제나 여포가 붙어 있다. 여포를 따로 떼어놓지 않으면 동탁을 죽이는 것은 불가능하다. 그래서 우선 너를 여포에게 주겠다고 약속을 하는 것이다."

"저를 여포 장군에게요?"

"그렇다. 그리고 나서 동탁에게 너를 보내는 거다. 여포와 동탁은 아름다운 여자라면 사족을 못 쓰거든. 하물며 너라면 누구에게도 넘겨주고 싶지 않다고 여길 것이 분명하다. 여포와 동탁은 너를 두고 다투다가 사이가 틀어지게 될 것이고, 그때 여포에게 동탁을 죽이도록 하면 일이 성사될 것이다. 어떠냐, 그렇게 해 주겠느냐?"

"주인님을 위해서라면 목숨을 바칠 각오가 되어 있습니다. 반드시 성공하여 보답하겠습니다."

초선은 얼굴색이 창백해졌지만 단호히 맹세했다.

다음 날, 왕윤은 보석을 박은 황금관을 구해 여포에게 선물로 보냈다. 물욕이 강한 여포는 뛸 듯이 기뻐하고 그날 중으로 감사하다는 인사를 하기 위하여 왕윤의 집으로 찾아왔다. 왕윤은 이를 짐작하고 진수성찬을 마련해 놓으라고 지시한 후 기다리고 있었다.

"어서 오십시오. 나는 평소부터 장군님의 무용을 존경하고 있었습니다. 보내 드린 관은 그런 마음을 조금이라도 나타내려고 한 것이지 다른 뜻은 없습니다."

왕윤은 칭찬으로 찾아온 여포를 기쁘게 만들고 정중하게 안채로 모셨다. 곧 준비된 주안상이 나오고 얼마간 술이 취했을 때, 왕윤은 초선을 불러 오도록 명했다. 잠시 뒤에 두 시녀가 초선을 데리고 나타났다. 여포는 그녀를 보자 눈을 동그랗게 뜨더니 곧 아름다움에 넋을 잃었다.

"누구입니까, 이 미인은?"

"제 양녀 초선입니다. 이 분은 천하제일의 영웅, 여장군님이시다. 인사 드려라."

"저희 집을 찾아주셔서 감사합니다. 초선이옵니다."

초선은 옥구슬이 구르는 듯한 목소리로 수줍게 인사를 했다.

"아, 여포입니다."

초선의 아름다움에 넋을 잃은 여포는 황급히 인사를 했다.

여포는 초선에게 홀딱 반해 버린 것 같았다. 그는 왕윤의 권유로 술을 따르는 초선을 잡아먹을 듯이 응시한 채 잔을 비우는 것도 잊고 있었다.[*] 그 모습을 본 왕윤이 기회를 노려 운을 뗐다.

"여장군님, 제 딸아이를 장군님이 좋아하시는 것 같으니 바치도록 하겠습니다. 많이 귀여워해 주시기 바랍니다."

"넷, 정말입니까?"

여포는 도저히 믿을 수 없다는 표정으로 왕윤을 응시했다.

"물론입니다. 장군님 같은 영웅에게 시집을 간다면, 딸아이도 더할 수 없이 행복할 것입니다."

"아니, 저야말로 정말 행복합니다. 이 은혜를 갚기 위해 왕대감께서 시키는 일이라면 어떤 일이든 하겠습니다."

여포는 감격하여 몇 번씩이나 왕윤에게 고맙다는 인사를 하며 초선 쪽을 슬쩍 바라보니 그녀 역시 기쁜 듯이 뺨을 붉게 물들이고 있었다. 여포는 하늘에라도 올라 간 것 같은 심정이었다. 길일을 택해 초선을 시집보내겠다는 약속을 믿고 여포는 밤이 늦어서야 자리에서 일어나 돌아갔다.

그로부터 이틀 후 왕윤은 동탁을 자기 집에 초대했다. 이번에도 왕윤은 동탁을 산해진미로 대접하고, 술이 몇 순배 돌았을 무렵에 초선을 불러 춤을 추게 하고 노래를 부르게 했다.

"오오, 마치 선녀 같구나!"

미인계(美人計)

여인의 미모와 매력으로 상대의 마음을 사로잡아 약하게 하는 책략을 말한다. 왕윤이 초선을 이용하여 여포와 동탁을 이간시키는 것도 미인계의 한 방편이었다. 미인계는 누군가가 그런 계책을 꾸며 거기에 빠지게 하는 것도 있겠지만, 그런 계책을 쓰지 않았는데도 스스로 빠져드는 경우가 더 많다.

동탁 역시 그녀의 아름다운 자태에 넋을 잃은 듯 눈을 가늘게 뜨고 초선을 바라보는데 눈빛이 심상치 않았다. 재빨리 왕윤이 말했다.

"제 딸아이를 태사 어른의 시중을 들게 하고 싶습니다."

당시에 동탁은 태사(太師)라는 직책에 스스로 취임하여 마치 나라의 스승인 양 우쭐거리고 있었던 것이다.

"뭐, 이 아이를 나에게 주겠단 말인가!"

동탁은 초선에게 음흉한 욕심을 품고 있었던지라 몹시 기뻐하면서 즉각 초선을 수레에 태우고 돌아갔다.

왕윤이 동탁을 저택까지 전송하고 돌아오는데 도중에 여포가 기다리고 있었다. 여포는 왕윤의 목덜미를 잡고 고함을 쳤다.

"대감은 일전에 딸을 나에게 시집보내겠다고 말했소. 그런데도 오늘 태사님에게 딸을 바치다니 이게 어떻게 된 일이오!"

그러나 왕윤은 당황하지 않았다.

"아닙니다. 사정이 있습니다. 제 딸 초선이를 장군님께 드리기로 한 것을 알게 된 동태사님이, 그렇다면 내가 데리고 가서 준비시켜 여포에게 시집보내 기쁘게 해 주겠다고 말씀하시면서 데리고 간 것입니다."

"오오, 그랬소? 제가 오해했군요. 정말 실례했소이다."

단순한 성격의 여포는 왕윤에게 몇 번씩 고개 숙여 사과까지 했다.

이튿날, 여포는 동탁이 부르기를 학수고대하며 기다리고 있었으나 아무런 연락이 없었다.

'어떻게 된 것일까? 초선을 나에게 건네주는 것을 양아버님이 잊어버릴 리는 없을 텐데……'

초조해진 여포는 은밀히 동탁의 저택으로 가서 침소 뒤쪽으로 숨어 들어가 실내 상황을 엿보았다.

이때 초선은 안채의 작은 방에 있었는데 문득 창 밖을 내다보니 연못의 수면에 여포의 그림자가 비쳤다. 초선은 재빨리 눈물을 닦는 시늉을 해 보이며 마치 붙잡혀 있는 듯이 행동했다.

'초선이가……'

이것을 본 여포는 가슴이 찢어지는 듯 아팠다. 초선이를 동탁에게 빼앗겼다는 생각이 들자 울컥 화가 치밀어 올랐다.

2

하지만 아무리 용맹한 여포라 하더라도 동탁에게 대들 수는 없는 일. 사랑하는 초선을 빼앗겼어도 어떻게 할 수가 없는 것이다.

한편, 동탁은 초선이 무척이나 마음에 들어 다른 처첩은 거들떠보지도 않았다. 아예 초선의 곁에서 떠나질 않았다. 초선도 몸을 아끼지 않고 동탁의 시중을 들었다. 하지만 여포가 옆에 있으면 초선은 동탁이 알지 못하도록 쓰라린 듯한, 안타까운 듯한, 그리고 매달리고 싶은 듯한 눈빛으로 여포를 응시했다. 그때마다 초선에 대한 여포의 그리움은 깊어만 갔다.

어느 날이었다. 마침 동탁이 궁궐에 일을 보러간 사이에, 틈을 봐서 여포는 동탁의 저택으로 달려갔다. 초선을 불러내 뒤뜰에 있는 봉의정이라는 정자가 있는 연못가에서 만났다.

"초선, 만나고 싶었소."

"저도요."

두 사람은 서로를 힘껏 껴안았다.

이윽고 초선은 훌쩍훌쩍 눈물을 흘리며,

"저는 장군님 옆으로 가기를 손꼽아 기다리고 있었습니다. 하지만 강제로 동태사의 첩이 되고 말았습니다. 이제 더럽혀진 몸으로 장군님의 아내가 될 수 없습니다. 차라리 저 세상에서 만나기를……."

하고 말이 채 끝나기도 전에 다짜고짜 연못으로 뛰어들려고 했다. 황급히 여포가 초선의 몸을 끌어안고 제지했다.

그때였다. 벼락치는 듯한 목소리가 울려 퍼졌다.

"너희들, 거기서 무슨 짓거리를 하고 있는 거냐!"

시뻘겋게 상기된 얼굴을 한 동탁이 뒤뚱거리며 정자쪽으로 달려오고 있었다. 항상 곁에 있던 여포의 모습이 보이지 않았기 때문에 불안하여 서둘러 돌아왔던 것이었다.

깜짝 놀란 여포는 재빨리 몸을 돌려 도망치기 시작했다.

"서라! 네 이놈, 그 자리에 서지 않겠느냐!"

동탁은 여포의 뒤를 쫓아갔으나, 마침 뒤뜰로 들어오던 이유와 부딪쳐 넘어지고 말았다.

"이유인가? 여포를 잡아 죽여라! 놈은 뻔뻔스럽게도 내 초선이를 끌어안고 있었다!"

"태사님, 화가 나시는 것은 당연하시겠지만 냉정을 되찾아 주십시오."

이유는 동탁을 일으켜서 안으로 들어가자 여포와 초선 중 어느쪽이 더 소중한가를 잘 따져 보라고 설득했다.

"초선이 아무리 아름답고 사랑스러워도 여포와 바꿀 수는 없는 일입니다. 이 세상에 미인은 수없이 많습니다. 하지만 만약 여포가 태사님을 원망하여 반항하는 일이라도 생기면 어떻게 하시겠습니까? 여포에게 초선이를 양보하여 은혜를 베풀어주십시오. 그렇게 하시면, 여포는 평생 태사님을 배반하지 않을 것입니다."

동탁이 차분히 생각해 보니 이유의 설명이 맞는 것 같았다.

"알았네. 여포를 용서하겠네. 그리고 초선의 일도 고려해 보겠네."

동탁은 이유를 물러가게 한 다음 초선을 불렀다.

"나는 여포에게 너를 물려주고 싶은데, 어떠냐?"

동탁이 말한 순간, 초선은 눈물을 뚝뚝 흘리며 부르짖었다.

"그런 난폭한 사람에게 가야 한다면 차라리 죽는 편이 낫습니다.

조금 전에도 태사님을 핑계대어 저를 뒤뜰로 불러내 우격다짐으로 끌어안았던 것입니다. 태사님이 오시지 않았더라면 어떻게 되었을지 알 수가 없습니다. 그래도 저를 넘겨주시려고 한다면 더 이상 살고 싶지 않습니다."

초선은 벽에 걸어 놓았던 검집에서 칼을 뽑아 대뜸 자신의 목에 갖다 댔다.

"무슨 짓을 하는 거냐!"

동탁은 황급히 칼을 빼앗고 초선을 힘껏 끌어안았다.

"알았다, 알았어. 그 정도로 나를 좋아하고 있었구나. 이제 아무에게도 넘겨 주지 않겠다. 너는 영원히 나의 것이다. 미오성으로 가서 즐겁게 지내자."

이튿날, 동탁은 초선을 데리고 미오성으로 향했다. 백성들 사이에 숨어서 그 행렬을 바라보는 여포는 처참한 기분에 휩싸여 있었다.

행렬이 보이지 않게 되자 여포는 그 자리에서 움직이지 않은 채 깊은 생각에 잠겼다. 그때 누군가가 말을 걸어 왔다.

"여장군님, 동태사의 수행을 하지 않고 무엇하고 계십니까?"

고개를 돌려 보니 왕윤이었다.

"무슨 일이 있었는지는 모르겠지만, 우선 우리 집으로 가서 얘기를 들어 보십시다."

왕윤은 여포를 자기 집으로 데리고 가서 각별히 대접하며 무슨 일이 있었느냐고 물었다. 여포는 참고 있던 울분을 한꺼번에 쏟아내

듯이 지금까지 있었던 일을 빼놓지 않고 얘기했다.

"저런, 저런! 천하를 뒤덮을 영웅* 께서⋯⋯."

입으로는 계속해서 한탄을 했지만 왕윤은 이미 초선의 포로가 된 여포와 동탁이 보기 좋게 함정에 걸려든 것에 대해 속으로 회심의 미소를 지었다. 그리고 최후의 결정적인 한마디를 여포에게 찔러 넣었다.

"동태사가 설마 그런 인면수심의 비열한 짓을 하리라고는 도저히 상상조차 못했습니다. 장군님, 이대로 내버려 둔다면 당신은 아내를 빼앗긴 못난이로 천하의 웃음거리가 될 것입니다. 그래도 괜찮으시겠습니까?"

"빌어먹을! 그 늙은이를 죽여 치욕을 씻겠다!"

왕윤의 선동에 넘어간 여포는 식탁을 두드리며 고함을 쳤다.

"설마 진심으로 말씀하고 있는 것은 아니겠지요, 장군님?"

"진심이요. 그 놈을 죽이지 않으면 이 여포, 성을 갈겠습니다!"

여포는 단호하게 소리치다 미간을 찌푸렸다.

"하지만 마음에 걸리는 것은 놈과 부자의 인연을 맺어 버린 일이오. 놈을 죽이면 세상 사람들이 뭐라고 할지⋯⋯."

개세영웅(蓋世英雄)
천하를 뒤덮을 영웅이니, 격찬의 표현이다. 왕윤은 여포를 미인계로 유인하면서 끊임없이 여포를 개세영웅으로 추켜세워 동탁을 죽이겠다는 결심을 잃지 않도록 자극한다.

이전에 양아버지 정원을 죽인 적이 있는 여포였으나, 두 번째 양아 버지 살해에 대해서는 그도 세상의 여론이 마음에 걸렸던 모양이었다.

"그런 것에 전혀 신경 쓸 필요 없습니다."

왕윤은 호탕하게 웃어 넘겼다.

"장군님의 성은 여씨이고, 태사의 성은 동씨니까 부자(父子)라 는 건 말도 안 됩니다. 그저 친하게 지내온 사이일 뿐입니다. 그렇 지 않습니까?"

"오, 그 말씀을 들으니 안심이 되는군요. 반드시 놈을 죽이고야 말겠습니다!"

왕윤은 여포의 결의가 굳어졌음을 확인하고 자세를 바로 했다.

"동탁을 죽여 초선이를 찾고 나라를 구한다면, 장군님의 이름은 역사에 영원히 빛날 것입니다."

"맞습니다. 맹세코 동탁을 죽일 겁니다."

여포는 칼을 빼서 팔꿈치를 찌르더니 피를 뿌리며 거듭 다짐했다.

그 이후 두 사람은 이숙을 동지로 끌어들였다. 이숙은 일찍이 동 탁의 보좌관으로 적토마와 금은보화를 여포에게 가져다주어 동탁을 섬기게 하였으나, 그 후 이유만이 신임을 받고 자신은 중용되지 않 자 동탁을 원망하고 있었다. 이숙은 동탁을 죽이는 일에 기꺼이 가 담했다.

3

3일 후, 이숙은 얼마 전까지 몸이 아파 누워 있던 황제가 병이 나았으므로 동탁을 모시고 연회를 열겠다는 전갈을 가지고, 10여 명의 수행원과 함께 미오성으로 향했다.

동탁은 이숙으로부터 황제가 자신을 모시겠다는 말을 듣자,

'어젯밤에 용 한 마리가 내 몸에 휘감기는 꿈을 꾸었는데, 혹 천자가 내게 자리를 넘겨주려는 건가?'

라고 생각하면서 억누를 수 없는 기쁨이 솟구쳤다.

그리하여 곧 심복 부하 이각, 곽사, 장제, 번주 등 네 사람에게 5천 명의 병력을 주어 미오성을 지키게 하고 동탁은 즉각 행렬을 갖추어 장안의 저택으로 향했다.

장안 저택에 도착하자 조정의 신하들이 모조리 마중을 나왔다. 이유는 심한 몸살 기운이 있어 나오지 못했다. 그날 밤, 어디서 노래하는지 몇 명의 어린아이들이 부르는 동요 소리가 바람에 실려 동탁의 귀에까지 들려 왔다.

천리(千里)에 걸친 풀(草)은

언제까지 푸르게 보이지만

열흘(十日)을 넘긴다는 것은

애시당초 틀려먹은 일이다

"노래 구절이 심상치 않구나. 내게 좋은 징조냐 나쁜 징조냐?"

동탁이 이숙에게 물었다.

"이것은 유씨가 망하고 동씨가 번성한다는 세태를 노래한 것입니다."

이숙은 그렇게 대답하여 동탁을 안심시켰다. 유(劉)는 한나라 황제의 성이다.

하지만 사실은 그 반대였다. '천리의 풀'은 파자풀이로 '千'＋ '里'＋'草'로 '동(董)'자를 나타내고 열흘 '十日'과 '下'는 '탁 (卓)'자가 되어, 동탁이 앞으로 얼마 못 살고 죽는다는 것을 예언하 는 노래였다.

이를 알 리 없는 동탁은 이숙의 말만 듣고 기쁜 듯이 웃었다.

다음 날 아침 동탁은 천여 명의 호위병을 거느리고 궁중으로 향 했다. 그 도중에 검은 옷을 입고 흰 두건을 쓴 사나이가 깃발처럼 천 을 늘어뜨린 기다란 장대를 들고 지나가는 것이 보였다. 천에는 입 구(口)자 두 개가 써 있었다.

"저것은 또 무엇이냐?"

"얼빠진 녀석이겠지요."

이숙은 수행원에게 명해 그 사나이를 멀리 쫓아 버렸다. 입구 (口)자를 2개 합치면 '여(呂)'자가 된다. 즉, 여포를 가리키는 것 으로, 여포에게 죽임을 당한다는 것을 예언했다고 할 수 있다. 하지 만 동탁은 이상한 낌새를 전혀 알아차리지 못했다.

이윽고 동탁의 수레가 궁궐문을 통과하여 궁중 안으로 들어섰다. 호위병사들은 일단 궁문 밖에서 대기하는 것이 관례다. 동탁은 약간의 측근만 곁에 거느리고 미앙전 쪽으로 향했다. 때맞춰 기다리고 있던 왕윤이 소리쳤다.

"역적이 왔다! 모두들 나서라!"

먼저 이숙이 창을 들어 수레 안에 앉아 있는 동탁을 찔렀다. 그런데 '창!' 하고 쇳소리가 났다. 누가 알았으랴. 동탁은 관복 안에 갑옷을 입고 있었던 것이다. 그러나 두 번째 창을 피하려다 몸이 기우뚱하는 바람에 수레에서 굴러 떨어졌다.

"여포, 여포야. 이 애비를 살려다오!"

그 목소리에 응해 수레 뒤쪽에서 여포가 달려와서는 방천화극을 꼬나쥐더니 이숙을 향하는 것이 아니라,

"역적아, 목숨을 바쳐라!"

하고 외치는 동시에 동탁의 목을 푹 찔렀다.

"아 — 악!"

동탁이 비명을 지르며 그 자리에서 즉사했다. 나이 54세, 초평 3년(192년), 4월 22일의 일이었다.

왕윤은 이유를 체포하여 목을 베고, 동탁의 시체를 장안 대로에 버렸다. 그러자 지나가던 사람들이 그 머리를 때리고 몸을 짓밟아서 괴로움을 당한 분풀이를 했다.

왕윤은 또한 여포에게 군사를 주어 미오성으로 향하게 했다. 미

오성을 지키고 있던 이각을 위시한 4명의 대장은 동탁이 살해되고 여포가 쳐들어온다는 말을 듣자 재빨리 도망쳐 버렸다.

미오성에 도착한 여포는 제일 먼저 초선을 찾아내고는 미오성에 살던 동탁의 일족을 몰살하고, 성안에 비축되어 있던 헤아릴 수 없을 정도의 금은보화와 식량을 몰수하여 장안으로 돌아왔다.

"이제부터는 세상이 밝고 살기 좋아질 것이다. 모두들 기뻐하라!"

왕윤은 조정의 신하들을 모아 대연회를 열고 동탁이 죽은 것을 크게 기뻐해 마지않았다.

독재자 동탁이 죽자 그 시체가 시정에 버려졌고 그의 머리가 효수되었을 때 유일하게 그의 시신 앞에 엎드려 대성통곡한 인물이 채옹이었다. 채옹은 처음 의량 벼슬에 있을 때 십상시들의 행패를 규탄하는 상소문을 올려 당시 뛰어난 글재주 못지않게 충성심이 강한 인물로 알려져 있다.

그러나 동탁과 채옹의 첫 만남은 의외로 동탁의 은밀한 협박으로 이루어진 것으로 보인다. 당시 조조 등과 교류하여 친분관계가 돈독했던 채옹을 독재자로 군림한 동탁이 눈여겨보았다가 그의 가족을 볼모로 위협했으므로 하는 수 없이 시중벼슬에 취임하였다는 것이다. 끝내 왕윤의 손에 죽게 되었지만, 알고 보면 채옹 역시 난세의 권력싸움이 낳은 희생자인 셈이다.

채옹은 후한을 대표하는 학자. 영제 때 의량이 되고 육경(六經)의 정본 작성에 임했다. 동탁은 태위가 되자 채옹을 영입하여 파동태수, 시중, 좌중랑장 등으로 임명했다. 동탁은 이상하게도 채옹만은 높이 평가해 받들었다. 헌제 옹립에 반대한 상서 노식이 처형될 위기에 놓였을 때 채옹이 주선해 구해 주었다.

유비가 서주를 물려받다

1

동탁이 죽자, 장안은 온통 잔치 분위기가 되었다. 사람들은 거리로 뛰어나와 덩실덩실 춤추고, 부녀자들까지 패물을 팔아 술을 사서 이웃을 대접했다.

왕윤은 이날 황제 앞에 나아가 오랜만에 기쁜 얼굴로 칭송했다.

"오랫동안 조정을 능멸하고 폐하의 어지신 덕을 가로막던 역적을 죽였습니다. 이 모든 것이 폐하의 홍복이시며 만백성의 기쁨이옵니다."

"모든 게 왕사도의 공로요."

왕윤은 곧 사손서, 여포와 함께 지도부를 구성하고 동탁으로 인해 허물어진 조정체제를 바로잡아 갔다.

그러나 그것도 불과 2개월 정도밖에는 계속되지 못했다. 도망쳤던 이각, 곽사, 장제, 번주 등 네 사람이 10만 가량의 옛날 동탁군을 규합하여 역습해 왔던 것이다. 여포가 맞서 싸웠으나 역부족으로 장안을 빼앗기고 말았다. 왕윤은 자살하고, 여포는 남양의 원술에게 의지하려고 도망쳤다.

장안을 점령한 4인조는 황제를 협박하여 장군 지위를 손에 넣고, 조정의 실권을 장악하여 동탁에 못지않은 난폭한 행동을 하기 시작했다. 데리고 온 병사들은 약탈이나 폭력을 되풀이했다. 다시 공포와 불안이 장안성을 지배하게 되었다.

그 무렵, 전국 각지에서는 도적떼가 일어나 약탈이 횡행했고, 원소나 조조, 원술, 공손찬 같은 군웅들은 자신의 영토를 늘리기 위해 다투고 있었다.

원소와 공손찬은 기주 땅을 차지하기 위해 사생결단으로 싸움을 계속했고, 조조는 멀리 산동성 근처의 동군에 자리잡고 세력을 넓히고 있었다.

이각과 곽사가 조정의 실권을 쥐고 동탁 못지않은 행패를 부린다는 소식을 듣자 조조는 참모 순욱을 불렀다.

"이 기회에 장안으로 쳐들어가 이각과 곽사를 물리치면 천하를 얻을 수 있지 않을까?"

"아직은 시기상조입니다. 자칫하면 역적으로 몰릴 위험도 있고요. 좀더 두고 보시지요."

조조는 순욱의 진언을 받아들였다. 그런 조조에게 장안에서 칙사가 내려와 최근 산동지방을 휩쓸고 있는 황건 잔당들을 물리치라는 명령을 전했다.

"우리 군대의 실력을 시험해 볼 좋은 기회다."

조조는 즉시 병력을 이끌고 산동의 청주로 진격하여 불과 100일만에 30만의 황건 잔당을 항복시켰다. 조조는 그 가운데서 젊고 씩씩한 청년들을 골라 내 군대를 편성하여 청주병(靑州兵)이라고 명명했다. 이 청주병이야말로 후에 조조군의 중심이 되어 활약하는 정예병이다.

청주병을 더해 막강한 군대를 거느린 조조는 이제는 누구에게도 인정을 받는 군웅으로 손꼽히게 되었다. 그 이름을 흠모하여 순유, 정욱*, 곽가와 같은 지략이 뛰어난 인물과 우금과 같은 용사들이 찾아왔다.

조조는 이제 연주에 자리잡았다. 신변의 일이 안정되자 부친 조숭을 모셔 오기로 했다. 그 무렵, 조숭은 변란을 피해 낭야군으로 옮겨가 숨어 지내고 있었다.

"그래? 아들이 나를 불러 주었는가?"

어렸을 때부터 조조를 총애하던 조숭은 마중 나온 사자를 맞이하여 감격해 눈물을 흘리며 기뻐했다. 일족 40여 명에 종자 100명을 데리고 100량의 수레에 가재를 가득 싣고 즉시 조조의 거점인 연주로 출발했다.

일행은 이윽고 서주 경계에 이르렀다. 이때 서주의 목(牧＝예전의 자사, 주를 다스리는 권한이 예전보다 강화된 장관)인 도겸(陶謙)이 주 경계까지 일행을 마중나왔다. 도겸은 이전부터 조조와 친하게 교제하기를 원했으나 기회가 없어 그 뜻을 이루지 못하고 있던 참이었다. 우연히 조조의 부친이 영내를 지나간다는 것을 알고, 좋은 기회다 싶어 나와 있었던 것이다.

도겸은 조숭 일행을 맞이하여 성대하게 연회를 베풀어 대접한 뒤 출발할 때에는,

"도중에 혹시 불상사가 일어날 지도 모릅니다."

라고 염려하면서 장개라는 부장에게 500명의 병사를 내주고 호위하라고 했다.

도겸으로부터 정중한 대접을 받고 호위병까지 붙여주는 친절에 조숭은 감격했다. 그러나 그 친절이 무서운 결과를 가져올 줄이야 누가 알았으랴! 호위대장 장개는 예전에 황건의 무리였었다. 항복해서 도겸을 섬기고 있었지만 조숭의 엄청난 재물에 눈이 어두워져 버렸다.

"늙은 도겸에게 붙어있어 봤자 장래에 좋은 일이 있을 턱이 없

정욱

정욱의 어릴 때 이름은 정입이었다. 이후 조조에게 가담하여 '태양을 받드는 꿈을 꾸었다.'는 이야기를 듣고 조조가 입(立)에 태양(日)을 붙여 욱(昱)이 되었다. 지략이 뛰어났고 신장이 8척이 넘는데다, 턱과 뺨에 근사한 수염이 있어 풍채가 훤했다고 전해진다.

다. 아예 조씨 일가를 몰살하고 값나가는 물건을 빼앗아 멀리 숨는 것이 어떻겠는가?"

라고 부하들과 의논하고, 조숭 일행이 비현이라는 곳에서 숙박한 밤, 일제히 습격하여 사람들을 몰살시키고 짐과 돈을 빼앗아 멀리 도망쳐 버렸다.

몰살을 피한 종자 한 사람이 연주로 달려가 조조에게 이 사실을 알렸다.

"네 이놈 도겸, 아버님을……. 서주의 모든 것을 모조리 없애 이 원한을 풀겠다."

격노한 조조는 순욱과 정욱에게 성을 지키게 한 뒤, 전 병력을 이끌고 서주로 공격해 들어갔다. 조조의 병력이 지나간 뒤에는 모든 게 죽고 불태워졌다. 개나 닭, 소와 돼지는 물론이고 인간까지 살아 움직이는 것은 모조리 하나도 남지 않고 사라졌다. 문자 그대로 피의 대살육전이었다.

조조의 병력은 마침내 서주성을 겹겹이 포위했다.

"이번 일에 대해 나는 책임이 없지만 내가 조조 앞에 나아가 내 목과 교환해 서주 백성들의 목숨을 구할 수밖에 없다."

나이를 먹은 도겸은 비장한 결의를 하였다.

그런데 뜻하지 않은 구원의 손길이 나타났다. 다름 아니라 북해 태수 공융의 부탁을 받은 평원의 유비 현덕이 2천 명의 병사를 이끌고 전해와 함께 달려왔던 것이다.

도겸은 크게 감격했다.

"당신이야말로 백성을 구하는 참다운 영웅이오. 부디 나를 대신해 서주를 다스려 주기 바라오."

감격한 도겸은 유비에게 서주목의 관인을 물려주려고 했다.

"천만의 말씀이십니다. 저는 다만 당신을 도우려 온 것뿐입니다."

유비는 깜짝 놀라 사양을 했다. 그리고 어쨌든 눈 앞의 조조군을 물리치는 것이 먼저라고 생각하여 도겸과의 화해를 권하는 편지를 사자에게 들려 조조의 진영으로 보냈다.

"뭐라고? 도겸과 화해를 하라고? 유비 녀석, 참으로 건방지기 이를 데 없구나. 이런 고얀 놈도 혼내 주리라!"

유비의 편지를 읽은 조조는 언성을 높였다.

한편, 조조의 근거지 연주에서는 이상한 일이 벌어지고 있었다. 조조의 오랜 친구 장막이 조조를 반대하는 무리를 모아 반란을 일으킨 것이다.

'너무한다. 그는 살인귀나 다름없다.'

조조가 서주에서 무참한 피의 살육전을 벌여 시체가 강물의 흐름을 막았다고 할 정도로 무자비한 짓을 거듭하자 분개하여 일어난 것이었다.

때마침 여포가 떠돌아다니다가 장막을 찾아왔다.

"여포를 대장으로 모시자. 어차피 조조에게 대항하려면 여포와 같은 용장이 필요하지 않은가."

장막과 함께 반(反)조조 무리를 모으고 있던 진궁도 적극 찬성했다. 이렇게 해서 여포를 앞세운 조조의 반대파들이 연주 일대를 휩쓸기 시작했다.

파발마가 도착하여 여포가 장막, 진궁 등과 힘을 합쳐 연주 일대를 공격하고 복양성을 점령했다는 소식이 조조에게 알려진 것은 바로 이 무렵이었다.

"여포? 어떻게 그런 자가 연주에 와서 두목이 되었단 말인가!"

조조는 아연실색했다.

조조가 알기로 여포는 처음에 원술에게 의지하러 남양으로 갔다가 푸대접을 당하고, 여기저기를 전전한 끝에 공손찬과 싸우는 원소를 찾아간 것으로 알고 있었다. 더구나 진궁은 어떤가? 일찍이 동탁의 암살에 실패하고 고향으로 도망치던 도중에 조조의 목숨을 살려 준 인물이었다. 조조의 잔인함에 두려움을 느끼고 어디론가 떠나갔으나, 그 후에는 전혀 거취를 모르고 있었다. 그들이 조조의 오랜 친구 장막과 인연이 닿으리라고 조조는 결코 상상조차 하지 못하고 있었다.

사실 여포는 장막에게 당분간 신세 좀 지려고 찾아온 것이었다. 그리고 진궁은 그동안 자신의 재능을 살려 줄 수 있는 인물을 찾아 헤매고 있다가 때마침 장막과 만나 조조에 대항할 구상을 하던 참이었다.

"조조는 서주에서 싸우느라 정신이 없을 테니 이 틈에 연주 일대를 점령하면 그리 어렵지 않게 기반을 만들 수 있을 것입니다."

하고 여포를 설득한 것이었다.

여포는 떠돌이 신세인지라 대뜸 이 권유를 받아들여 병력을 모아 연주성으로 쳐들어갔는데 견성, 동아, 범현의 세 현만은 순욱과 정욱이 필사적으로 지켜 빼앗지 못했을 뿐, 대부분을 점령했다.

'연주를 모조리 여포에게 빼앗긴다면 내가 돌아갈 곳이 없어진다.'

여기까지 생각하자 죽이려고 했던 유비의 사자를 오히려 대접해 주고 자신은 병력을 철수시켰다.

한편, 조조군이 철수하니 결과적으로 유비가 서주를 구한 셈이 되었고, 도겸은 더욱 적극적으로 유비에게 매달렸다.

"유공은 서주 백성들의 은인이오. 그대야말로 서주를 다스리는 데 적임자인 것이오."

하지만 유비는 도겸이 아무리 권해도

"저는 의를 위해 구원하러 왔을 뿐입니다. 만약 여기서 제가 서주목이 된다면 천하의 사람들로부터 벼슬자리가 탐나 구원병이라는 핑계를 댔다고 의심을 받을 것입니다."

하고 받아들이지 않았다.

그래서 도겸은 마지못해,

"그렇다면, 이 근처에 소패성이 있으니 그곳에 군대를 머물게 하고, 얼마 동안 서주를 지켜 주시지 않겠습니까?"

하고 한발짝 물러났다.

유비도 그것까지 거절할 수는 없었다. 관우, 장비와 함께 수하의 군사를 이끌고 소패성으로 향했다.

그 무렵 조조는 병사를 거느리고 급히 되돌아가 복양에서 여포군과 맞서 싸웠다.

여포군은 첫 번째 싸움에서 조조군을 물리쳤다.

"여포 녀석 만만치가 않구나. 자아, 이제 어떻게 하면 좋겠는가?"

작전을 짜고 있는 조조에게, 복양성 안에 있는 부호, 전씨로부터 밀서 한 통이 날아들었다.

> 여포의 군대가 난동을 부리고 있기 때문에 성안의 주민들은 원망을 하고 있습니다. 여포는 지금 다른 곳에 있으며 성안에는 약간의 수비병 밖에 없으므로 우리가 성문을 열어 줄 테니 신호가 있거든 공격해 주기 바랍니다.

밀서에는 이런 내용의 글이 쓰여 있었다.

"됐다. 이것으로 복양을 되찾을 수 있겠구나."

기뻐한 조조는 그날 밤 복양성 밖에 숨어 있다가 신호와 함께 성문이 열리자 이전, 악진, 전위 등 부장을 이끌고 성안으로 달려들어 갔다.

그런데 조조군이 성안으로 들어갔으나, 사람의 그림자가 하나도 없었다. 마치 빈집 같았다.

'아뿔사, 함정에 빠졌구나.'

조조가 말머리를 되돌리려고 했다. 바로 그때, 사방에서 일제히 불길이 치솟아 오르고, 징과 북소리가 요란하게 울려 퍼지는가 싶더니 함성을 지르며 여포의 복병이 물밀 듯이 쏟아져 나왔다. 진궁이 전씨를 설득하여 함정을 만들었던 것이다.

조조는 남문으로 달려갔으나 사방이 막혀 나갈 수가 없었다. 하는 수 없어 북문으로 향했다. 그때 불길속에서 방천화극을 옆구리에 끼고 적토마 위에 걸터앉아 사방을 두리번거리는 여포와 정면으로 마주쳤다.

간담이 서늘해진 조조는 얼굴을 가리고 지나갔다. 그러자 여포가 지나치는 조조의 투구를 방천화극으로 두들겼다.

"이봐, 조조가 어디로 갔는지 모르냐?"

"네, 저기 누런 털의 말을 타고 도망치는 놈이 바로 조조입니다."

하고 조조는 재빨리 앞쪽에 달려가는 부장 한 명을 가리키자,

"그러냐?"

여포는 전혀 의심을 하지 않고 그 말을 쫓아가 버렸다.

안도의 가슴을 쓸어내린 조조는 동문을 향해 달리다가 자신을 찾아 헤매던 전위와 만날 수 있었다. 전위는 몰려드는 적을 물리치면서 조조를 도와 동쪽 성문까지 왔다. 성문은 탁탁 불꽃 튀는 소리를 내며 활활 타오르고 있었다. 주변이 온통 불바다였다. 불길이 무서

위 말이 뒷발로 곧추 섰다.

"빠져나갈 길은 여기 밖에 없습니다. 제 뒤를 바짝 따르십시오."

말이 끝나자마자 전위는 말에 채찍을 가하며 불길 속으로 돌진해 들어갔다. 조조는 바로 그 뒤를 따랐다. 화끈한 열기가 몸을 감싸 숨조차 제대로 쉴 수가 없었다.

거세게 타오르는 성문을 한걸음만 더 나가면 빠져 나갈 수 있는 순간에 불이 붙은 굵은 대들보 하나가 떨어져 내려 조조의 말 궁둥이를 때렸다. 그러자 말이 옆으로 쓰러지면서 조조를 땅바닥에 내동댕이쳤다. 그 위로 불붙은 나무들이 떨어져 내려왔다. 조조는 순간적으로 양손으로 그것을 받았다. 그러자 머리칼과 수염까지 타들어 갔다.

때마침 주위에서 도움의 손길을 펼쳐 조조는 간신히 살아 돌아올 수가 있었다.

"다른 사람도 아닌 내가 그런 치졸한 수법에 속아 넘어가다니!"

온몸을 붕대로 감은 조조는 쓴웃음을 지으면서 반격에 나서라고 명령했다. 자신은 화상을 입고 사망했다는 소문을 퍼뜨려 여포를 꾀어내려고 지시한 것이다.

여포는 그 헛소문에 감쪽같이 속아 쳐들어왔으나 조조가 매복해 둔 복병을 만나 큰 타격을 입고 겨우 목숨만 건져 도망쳤다.

2

그 무렵 서주에서는 도겸이 병에 걸려 누워 있었다.

"난세가 참으로 무섭다."

하고 늙은 도겸은 헛소리까지 할 정도로 몸이 하루가 다르게 쇠약해져 갔다.

도겸은 소패성에 있는 유비를 급히 불러들였다.

"내 목숨은 이제 얼마 남지를 않았소. 부디 나를 대신하여 서주를 다스려 주시오."

하고 세 번째로 유비에게 서주를 떠맡기려고 했다.

"아닙니다. 그렇게는 할 수 없습니다."

유비는 이번에도 고개를 저으며 사양했다.

하지만 도겸*이 숨을 거두고 나자 도겸의 가신인 미축, 진등, 손건이 강력히 권하자,

"그렇다면 잠시 서주를 맡도록 하겠소."

하고 겨우 승낙했다.

이 소식이 곧 조조에게 전해졌다.

"뭐라고? 내가 아버님의 원수를 아직 갚지 못하고 있다는 것을 알면서 유비 녀석이 뻔뻔스럽게 서주에 눌러앉다니 내 체면을 깔아뭉갤 셈인가?"

조조는 버럭 화를 내고는 전 병력을 일으켜 서주로 쳐들어가려고

했다. 순욱이 말렸다.

"지금은 서주를 공격하지 않는 것이 좋을 것입니다. 서주의 주민들은 유비를 따르고 있으니까 아마 결사적으로 싸울 것입니다. 그것보다는 여남이나 영천의 황건 잔당을 토벌하여 그들이 비축하고 있는 재물이나 식량을 빼앗는 것이 백성들을 위해서나 우리를 위해 더좋을 것 같습니다."

조조는 순욱의 의견을 받아들여 병력을 이끌고 여남과 영천으로 진군하여 황건 잔당을 토벌하여 평정했다. 이 원정에서 조조는 한 사람의 용사를 얻었다.

성채에서 농성하며 황건 잔당에게 저항하고 있던 허저(許楮)였는데, 두 마리의 쇠꼬리를 양손으로 잡고 100보(약 140m) 가량이나 끌고갈 수 있을 정도로 괴력의 소유자였다.

기세가 오른 조조는 돌아오는 길에 여포의 부하가 지키고 있던 연주성을 되찾았다.

여포는 또다시 떠돌이 신세가 되었다. 북방의 원소를 찾아가려고 했으나, 원소가 자신을 탐탁하게 여기지 않는데다가 조조에게 편들

도겸

도겸은 '도의를 저버리고 감정에 따라 행동했으며 배신을 일삼고 소인배를 가까이 했던 인물'이라고 정사(正史)에서는 말하고 있다. 그리고 유비에게 서주를 물려 준 것이 아니라 도겸이 죽은 후 미축 등이 유비를 영입하여 서주를 넘겨준 것으로 되어 있다.

려 하고 있다는 것을 알았기 때문에 그만두었다.

"진궁, 어떻게 하는 것이 좋겠나?"

하고 진궁이 제안했다.

"요즘 서주를 다스리게 된 유현덕을 찾아가시는 것이 어떻겠습니까? 마음이 넓은 인물인 것 같으니 틀림없이 받아줄 것입니다."

"음, 유현덕의 평판은 나도 들었네."

여포는 고개를 끄덕이고는 서주로 향해 갔다.

이 소식이 유비에게 전해졌다.

"여포는 용맹하기로 천하에 대적할 자가 없다. 우리와 힘을 합치면 누구도 서주를 넘볼 수 없을 것이다. 서둘러 마중을 나가세."

유비가 말하자 미축이 말렸다.

"안 됩니다. 여포는 표범이나 늑대 같은 인간입니다. 언제 배신의 이빨을 드러낼지 알 수가 없습니다. 자칫 받아들였다가는 무슨 변고가 일어날지 알 수가 없습니다."

관우와 장비도 그 말이 옳다는 듯이 고개를 끄덕였다.

"그럴지도 모르지만, 만약 여포가 조조의 근거지 연주를 점령하지 않았더라면 지금쯤 우리들은 조조한테 멸망을 당했을지도 모른다. 여포는 결국 서주의 은인이라고 해도 무방하다. 그 은인이 의지해 온 이상 거절할 수는 없는 일 아닌가?"

"정말이지 우리 형님은 사람이 좋아 탈이라니까."

장비는 혀를 차며 관우의 얼굴을 쳐다보았다.

유비는 관우와 장비를 데리고 성 밖 30리 되는 곳까지 여포를 마중나가 정중하게 하비성 안의 숙소까지 안내를 하고 나서,

"도겸님께 돌아가셨기 때문에 제가 이 서주를 맡아 다스리고 있지만, 서주의 은인이신 여 장군님이 오신 이상 넘겨 드리겠습니다."

하고 도겸에게서 물려받은 서주목 관인을 꺼내서 건네주려고 했다.

여포는 아무 생각 없이 손을 내밀었으나, 유비 뒤에 서 있던 관우와 장비가 눈을 부라리며 노려보고 있는 것을 보자,

"하하하하, 나 같이 싸움판이나 돌아다닌 사람이 어떻게 서주를 다스릴 수 있겠소."

하고 손을 내저으며 사양했다.

그로부터 연회가 벌어졌는데, 술에 취한 여포가 유비에게 버릇없이 동생이니 뭐니 하고 불렀기 때문에 장비는 화가 머리끝까지 치밀었다.

"야, 여포야! 네가 뭔데 우리 형님을 동생이라고 부르는 거냐? 도저히 용서할 수 없다. 나하고 밖으로 나가 한판 붙어보자!"

하고 덤벼들었으나 관우가 겨우 달래어 장비를 밖으로 끌고 나가 어색한 분위기가 수습되었다.

연회가 끝나고 여포가 숙소를 가기 위해 나서자, 장팔사모를 꼬나쥔 장비가 어디선가 나타나더니,

"자아, 여포야! 내게 덤벼봐라!"

하고 소리쳤다.

"그만두지 못하겠느냐, 장비! 손님에게 대해서 무례한 행동을 하지 마라."

유비한테 꾸중을 듣고 마지못해 물러났으나, 직선적인 기질의 장비에게는 여포만큼 마음에 들지 않는 인간은 이 세상에 없었다.

이튿날, 여포는 유비에게,

"유공의 깊은 배려에는 감사하고 있지만 아무래도 동생분들이 나를 싫어하고 있는 것 같소. 어딘가 다른 곳으로 가겠소이다."

하고 떠날 뜻을 비쳤다.

"그러시면 제 마음이 편치 못합니다. 이 근처에 소패라는 곳이 있는데 성채의 규모는 작지만 지낼만 합니다. 얼마 동안 거기에 가 계시면 어떻겠습니까?"

하고 유비가 권하자 여포는 고개를 끄덕이고는 수하의 병사를 이끌고 소패성으로 갔다.

3

그 무렵, 장안에서는 이각과 곽사의 횡포가 동탁 못지않게 악질적으로 계속되고 있었다. 하지만 두 사람의 사이는 오래 가지 않았다. 조정대신 양표가 질투심이 많은 곽사의 아내를 이용해 서로 싸우게 만드는 계략을 세웠던 것이다.

양표는 자신의 아내를 곽사의 아내에게 보내, 이각의 아내와 곽사의 사이가 수상하다고 일러바치게 했다.

"이것을 이각님이 알게 되신다면 곽장군님의 목숨이 위태롭습니다. 지금이라도 늦지 않았으니 두 사람을 만나지 못하도록 하는 것이 좋겠습니다."

양표의 아내가 교묘한 말로 곽사의 아내를 선동했다.

"고맙습니다. 사모님이 가르쳐주시지 않았다면 그런 관계를 전혀 눈치채지 못했을 거예요."

질투심에 눈이 뒤집힌 곽사의 아내는, 냉정하게 앞뒤를 따져볼 여유도 없이 양표의 아내가 하는 말을 곧이곧대로 믿고 입술을 파르르 떨었다.

며칠 뒤, 이각의 저택에서 연회가 열렸다. 곽사가 가려고 하자 아내가,

"이각님이 당신을 없애려고 한다는 소문이 파다해요. 연회의 음식에 독을 타서 먹일지도 모른다구요. 제발 가지 마세요."

하고 제지했다.

"말도 안 되오. 틀림없이 아무 근거도 없는 소문에 지나지 않을 게요."

곽사는 코웃음을 쳤으나 아내가 울며불며 말렸기 때문에 결국에는 연회에 가지 않았다.

그런데 그날 밤, 이각의 집에서 연회 요리를 보내 왔다. 곽사의 아내는 그 음식에 아무도 모르게 독을 넣은 후 남편 앞에 가져갔다.

"오, 맛있게 생겼군!"

곽사가 먹으려고 하자,

"잠깐 기다려 주세요. 밖에서 들어온 음식이니 독이라도 넣었으면 어떻게 하시려구요?"

라며 아내는 제지하고, 뜰에 있는 개에게 그 음식을 먹게 했다. 개는 음식을 먹자마자 몹시 괴로워하다가 피를 토하며 죽었다.

"이게 어떻게 된 일인가?"

곽사의 얼굴색이 싹 변했다.

"그것 보세요. 조심해야 한다니까요."

"알았소."

곽사는 어금니를 꽉 깨물었다.

그로부터 며칠 뒤, 이각이 집요하게 권하기에 곽사는 이각의 집에서 술을 마시게 되었다. 술에 취해 집에 돌아오는 길에 우연이었지만 배가 아프기 시작했다.

곽사의 아내는 약에 분뇨(똥과 오줌)를 섞어 남편에게 먹였다. 곽사는 먹고 마신 것을 모조리 토해냈다. 고약한 냄새가 코를 찔렀다.

"어휴, 죽을 뻔했네."

곽사는 겨우 숨을 돌렸다.

"그러니까 이각님에게는 조심해야 한다고 그렇게 신신당부했잖

아요."

아내는 이때다 싶어서 밀어 붙였다.

"그렇다면, 이각 놈이 나를 없애고 권세를 혼자 독차지할 속셈이었군."

곽사는 아내의 집요함에 넘어가 끝내 이각을 의심하게 되었다. 그리하여 이각을 치려고 은밀히 병사를 모았다. 하지만 이 사실을 이각에게 밀고하는 자가 있었다.

"내가 무엇을 그리 섭섭하게 했다는 거야? 곽사 놈이 정 그런다면 잠자코 앉아서 당할 수는 없지."

이각은 선수를 쳐서 병사를 이끌고 곽사를 습격했다.

이렇게해서 양군을 합쳐 수만 명의 병사가 장안성에서 일대 난전을 벌였다. 그 혼란을 틈타 이각의 조카가 궁중으로 들어가 헌제와 황후를 수레에 태우고 이각의 진지로 갔다.

"천자를 빼앗아 버리면 우리 쪽이 승리하게 된다."

이각은 황제와 황후를 미오성으로 옮겼다. 그러자 곽사가 뒤쫓아가 50일 가량이나 싸움이 계속되어 수많은 사상자를 남겼다.

이 무렵 홍농 지방에 파견되었던 장제가 대군을 이끌고 장안으로 올라 왔다.

"이렇게 서로 싸우고만 있지 말고 화해를 해라. 말을 듣지 않으면 두 사람 모두 내가 공격하겠다."

하고 장제는 이각과 곽사에게 통고했다.

이각과 곽사는 각자 장제하고 싸워서 이길 정도의 병력이 없었다. 할 수 없이 장제의 말을 듣고 서로의 병력을 철수시켰다.

장제는 두 사람이 자기 말을 듣자, 기분이 좋아져 궁궐로 찾아가서는 겨우 풀려나 돌아온 황제에게,

"이대로 장안에 계시면 또다시 이각과 곽사가 싸우는 소동을 일으킬 것이 분명합니다. 일단 홍농(弘農)으로 옮겨 가시면 어떻겠습니까?"

하고 자기 근거지 쪽으로 피신할 것을 권했다.

'하루라도 빨리 옛 도읍으로 갔으면……'

황제는 원래 낙양 출신이고 자신의 뜻과 전혀 상관없이 끌려오다시피 장안으로 왔다.

그리고 동탁을 겪고 이제 곽사와 이각에게 시달릴 대로 시달렸다. 장안은 그야말로 지긋지긋했다. 그래서 낙양으로 가고 싶어 했다.

그런데 장제가 홍농으로 행차하라고 권해 온 것이다. 홍농이라면 낙양과 상당히 가깝다. 황제는 오랜만에 자기 의견을 내놓았다.

"짐은 장안을 떠나고 싶다. 장제 장군도 권하는 바고……."

"그러지요. 떠날 채비를 하겠습니다."

"출발이 빠르면 빠를수록 좋다."

"분부대로 하겠습니다."

조정대신들 대부분도 장안을 떠난다는 데 상당한 흥분을 느껴 이

구동성으로 동의했다.

황제의 행차가 먼 길을 떠나는 것이 어떤 의미인지, 무슨 준비를 어떻게 해야 하는 것인지 미처 생각해 보지 못할 정도의 벅찬 홍분이었다.

유랑하는 황제

1

황제의 행렬이 장안성 선평문을 나서 동쪽으로 떠난 때는 흥평 2
년(195년) 7월, 갑자일이었다. 행렬은 예상외로 길어졌다. 궁중
의 모든 인원이 따라나섰기 때문이었다. 수백 명의 궁녀들과 환관
들, 그리고 호위병사와 조정대신들의 가족까지 끼어 있었다.

출발한 그날 저녁부터 일행은 불편을 겪어야 했다. 서둘러 떠난
길이므로 준비가 부족했다. 행차에 따른 수레의 대수나 숙소문제,
식량공급, 경호 등등의 계획이 거의 없었던 것이다.

행렬의 속도 역시 예상외로 늦어지고 있었다. 느림보 거북이와
같았다. 장안에서 1백리 떨어진 신풍이란 곳에 도착했을 때가 8월
갑진일, 벌써 선선한 가을바람이 불고 있었다.

"서둘러라. 언제 이각과 곽사가 마음이 변해 뒤따라올지 모른다."

황제가 독려하자 다소 속도가 빨라졌다. 하지만 날씨가 점점 차가워지는데 추위를 막는 복장은 물론 숙박문제도 쉬운 일이 아니었다. 황제와 황후가 탄 수레도 어느덧 너덜너덜해지고 지붕에는 틈새가 생겼다. 비가 쏟아지자 용서없이 파고 들어왔다. 15세의 헌제와 아직 소녀라고 해도 좋을 복황후는 수레 한 구석에 몸을 숨기듯이 하고 견디어 내야 했다.

수행하는 신하들도 모두 추위에 떨고 있었다. 그저 동쪽으로 간다는 사실 하나만 희망으로 삼고 좁은 산길을 헤쳐가며 나아가고 있었다.

이윽고 일행의 앞쪽에 다리가 하나 나타났다. 함곡관 지역의 마지막 경계선이었다. 다리 주위를 수십 명의 병사가 지키고 있었다.

일행이 다리에 도달하자 병사들이 수레 앞을 가로막았다.

"멈춰라. 너희들은 누구냐?"

"황상폐하의 행차시다. 무례를 범하지 말라!"

호위대장이 나무라자 다리를 지키는 병사 가운데 대장 같아 보이는 자가 앞으로 걸어 나왔다.

"우리들은 곽장군의 명령으로 이 다리를 지키고 있는 병사들이오. 누구든 함부로 통과시킬 수 없소. 정말로 황상폐하시라면 용안이라도 보여 주기 바라오."

호위대장이 초라한 수레의 발을 들어 올렸다. 황제의 얼굴을 보자, 검문하던 병사들은 엉겁결에 황제 폐하 만세를 부르고 길을 비켜섰다. 일행은 다리를 건너 걸음을 재촉했다.

황제 일행이 통과하고 한참 지나서 곽사가 병력을 이끌고 다리로 달려왔다. 황제 일행을 통과시켰다는 것을 알자,

"나는 이각과 화해를 한 것처럼 보이게 하고 천자를 내쪽으로 빼앗아 올 계획이었다. 그런 눈치를 모르고 미련하게 통과를 시키다니!"

곽사는 화를 내며 대장의 목을 베고 병사들을 독려하여 즉시 황제 일행의 뒤를 쫓아갔다.

곽사는 화음현에 가까운 지점에서 황제 일행에 따라 붙었다.

"간신히 늑대의 소굴을 벗어났는가 했더니만, 이번에는 호랑이 아가리를 만난 격*이니 어떻게 하면 좋을꼬?"

'와아' 하는 함성소리에 황제가 물었으나 수행원들은 당황하고 두려움에 떨 뿐이었다.

몇십 명밖에 안 되는 호위대가 겨우 방어자세를 갖추었을 때 갑자기 북 소리가 둥둥 울리고 근처의 산기슭에서 일대의 병력이 달려나왔다. 그리고는 곽사의 병사들에게 덤벼들어 맹렬하게 공격을 하는 것이었다. 그 가운데 큰 도끼를 휘두르는 젊은 장수 하나가 몰려드는 곽사군을 풀 베듯이 쓰러뜨리는 것이었다.

"물러나라, 모두 물러나라!"

곽사는 목이 터져라 외쳐대 겨우 전멸을 모면하고 30리 가량 퇴각했다.

황제 일행을 구한 것은 예전에 이각의 부하였던 양봉이 이끄는

병력이었다. 양봉은 이각에게 중용되지 않았기 때문에 황제쪽으로 붙은 터였다. 큰 도끼를 휘두른 젊은 장군은 양봉의 부장 서황(徐 晃)이라는 무장이었다.

"그대들의 활약을 짐은 진정으로 기쁘게 여기노라."

황제는 눈물을 흘리며 양봉과 서황 두 사람을 칭찬했다.

그날 밤, 황제의 일행은 화음현성에 들어가 묵었다.

다음 날, 곽사가 병력을 보충하여 또다시 공격을 가해 왔다. 이 때는 마침 동귀비의 오빠, 동승(董承)이 군사를 이끌고 달려와 곽 사군을 물리쳤다.

"폐하, 안심하십시오. 저와 양장군이 반드시 역적을 막아내겠습 니다."

그렇게 말하고 동승은 양봉과 함께 황제의 수레를 호위하여 홍농 으로 서둘러 갔다.

한편, 곽사는 패잔병을 이끌고 장안으로 돌아가는 도중에 뒤를 쫓아온 이각을 만났다.

"동승과 양봉이 천자를 호위하고 홍농으로 갔네. 자네는 어떻게 하겠나?"

이랑와봉호구(瘦狼窩逢虎口)
'간신히 늑대 굴을 빠져 나왔는가 했더니 호랑이 아가리를 만났다.'고 현제가 탄식하는 말로 겨우 어려움을 벗어 났더니 더 큰 어려움을 만났다는 뜻.

"다행히 장제는 장안에 머물며 움직일 기미를 보이지 않으니까 이 틈을 타 홍농을 공격하여 아예 천자를 죽이고 우리 둘이서 천하를 나눠 갖자구."

"그거 좋은 생각이군. 한 번 해볼까?"

화해를 한 두 사람은 수하의 병력을 합쳐 홍농을 향해 쳐들어갔다.

홍농을 얼마 앞두고 이각과 곽사의 공격을 당한 황제 일행은 양봉과 동승이 필사적으로 황제를 보호하는 것이 고작이었다.

"이렇게 되면 어쩔 수가 없네. 이 부근의 백파산에 본거지를 두고 있는 산적의 힘을 빌리세."

양봉과 동승은 의논을 하고 백파산으로 사자를 보냈다.

백파산에는 3명의 산적 두목이 있었다. 세 사람 모두 황건 잔당으로, 관병에게 토벌당한 뒤 산적이 된 사람들이었다.

"천자께서 우리들에게 도움을 청해 왔네."

"힘을 빌려 주면 지금까지의 모든 죄를 용서해 준다네. 게다가 벼슬까지 내려 준다는군."

"나쁜 이야기는 아니군. 가 보기로 하세."

세 사람의 산적 두목은 기꺼이 부하들을 이끌고 황제 편에 붙었다.

이것으로 양봉과 동승의 병사들은 기세를 회복하여 이각과 곽사의 병력에 맞섰다.

"놈들이 산적이란 말이지? 그렇다면 좋은 방법이 있다."

곽사는 병사들에게 몸에 걸치고 있는 갑옷 등을 벗어 길가에 버리라고 명했다. 그러자 산적의 부하들은 싸움은 뒷전으로 미룬 채 앞을 다투어 버려진 갑옷 같은 물건 쟁탈전을 벌이기 시작했다.

"이 녀석들아, 그런 것에 정신을 빼앗기지 말라!"

두목들이 아무리 소리쳐도 부하들은 듣지를 않았다. 때마침 이각과 곽사의 병력이 사방으로부터 공격을 가해 왔다. 산적들은 견디지 못하고 도망치기 시작했다.

이렇게 되자 양봉과 동승은 더 이상 버텨 내지를 못하고 황제의 수레를 지키면서 방향을 바꿔 북쪽으로 도망쳤다. 하지만 이각과 곽사는 집요하게 추격해 왔다. 마침내 황제는 수레를 버리고 병사들의 등에 업혀 언덕을 넘어 도망쳤다.

이윽고 일행은 황하 기슭에 도달했다. 강기슭이라고는 하지만 깎아지른 절벽이나 마찬가지였다. 복황후의 오빠 복덕(伏德)이 어딘가에서 구해 온 흰 천으로 황제를 싸서 우선 절벽 아래로 내려 보냈다. 뒤이어 복덕이 황후를 업고 기슭으로 내려갔고, 대신들이나 수행원들은 구르듯이 겨우 내려갔다. 살갗이 찢기고 뼈가 부러지는 처참한 탈출이었다. 이렇게 겨우 내려갔지만 앞에 펼쳐진 것은 도도히 흐르는 탁한 황하의 물결뿐이었고, 겨우 구해 온 배가 작아 그나마 내려온 사람을 모두 태울 수가 없었다.

"타지 말라구! 배가 가라앉는다니까!"

배를 타지 못해 뱃전이라도 붙잡으려고 다투는 사람들의 손을 양봉은 칼을 휘둘러 사정없이 베어 버렸다. 비명이 사방에 메아리치고, 강물은 피로 붉게 물들었다.

강을 건너고 보니까, 황제의 수행원은 불과 20여 명으로 줄어 있었다. 양봉이 어디선가 농부들이 타는 수레를 하나 구해다 황제와 황후를 태워 가까스로 안읍현에 도달했다. 초가지붕의 오두막집을 천자의 거처로 삼고 양봉 일행이 경호했다.

이런 고초를 겪으며 초겨울 바람이 몰아치는 가운데 황제 일행은 가까스로 낙양 교외에 도착했다.

"아아! 드디어 고향에 돌아왔구나."

황제는 눈물을 흘렸다. 감회 때문이기도 했지만 눈앞에 펼쳐진 광경이 너무나 참혹했던 것이다.

옛 도읍지는 완전히 황폐해져 있었다. 가는 곳마다 잡초가 우거져 있고, 궁성도 무너져 내려 벽만 앙상하게 남아 있을 뿐이었다. 황제는 양봉에게 명하여 임시 어전을 만들게 하고, 개원(改元＝연호를 고치는 것)하여 건안(建安) 원년(196년)으로 정했다. 하지만 세상은 연호처럼 평안하지 못했다. 그 해에는 지난 해에 이은 기근으로 인해 극소수 남아 있던 주민들까지 먹을 것이 없어, 나무껍질을 벗기고 풀뿌리를 캐서 굶주림을 견뎌 내고 있는 지경이었다. 조정대신들 중에 굶어 죽는 자가 생길 정도였다.

굶주림!

그것은 당시 낙양뿐만 아니라 나라 전체를 뒤덮고 있었다. 유일하게 굶주림으로부터 벗어나 배불리 먹고 있는 집단은 조조 진영뿐이었다. 조조 진영은 여포와 싸울 때부터 군량문제로 여러 번 고통을 입게 되자 곧 둔전제를 실시했다.

둔전제란 오래전 한무제가 멀리 흉노지방을 정벌할 때 일부 지역에서 시행해 본 적은 있지만 대대적으로 시행한 것은 조조가 처음이었다. 버려진 땅을 개간하여 군사들에게 나누어 주고 농사를 지으면서 동시에 싸움이 벌어지면 출동하는 방식으로, 반농반군(半農半軍) 형식의 자급자족 농사법이었다.

황제 일행이 낙양으로 돌아 왔을 무렵, 조조의 거점 허도(許都)에는 백만곡 이상을 수확하여 창고가 모자랄 정도의 풍요를 누리고 있었던 것이다.

이런 조조 진영의 소식을 듣게 된 양표가,

"요즘 조조는 연주에서 수십 만의 병사를 휘하에 거느리고, 그 기세가 대단하다고 합니다. 또한 둔전제로 성공하여 식량문제는 걱정이 없다고 합니다. 조조를 부르시어 조정을 돕도록 명하시면 어떻겠습니까?"

하고 황제에게 아뢰었다.

"그렇다면 즉시 사신을 보내도록 하라."

황제의 명으로 칙사가 조조를 찾아 연주로 내려갔다.

2

연주성에서 칙사를 맞이한 조조의 결단은 빨랐다.

"천자를 돕고 천자의 이름 아래 호령을 한다면 감히 따르지 않을 자가 없을 것입니다. 우물쭈물하고 있다가는 다른 자에게 기선을 빼앗깁니다."

라고 진언하는 순욱의 의견을 받아들여 즉시 10만 대군을 이끌고 낙양으로 향했다. 때마침 황제를 납치하려고 낙양으로 쳐들어온 이각과 곽사의 병력을 낙양성 교외에서 맞받아쳐 타격을 가하여 멀리 쫓아버렸다.

황제를 위시하여 조정의 신하들은 다시 살아난 심정으로 조조를 맞이했다. 낙양의 주민들도 조조군의 씩씩한 위용과 엄격한 규율에 놀라고 또 기뻐했다. 약탈이나 폭력을 함부로 휘두르지 않는 군대를 오랜만에 본 것이다.

조조의 인기는 조정에서 백성들까지 날이 갈수록 높아져 갔다. 속이 편안치 않은 것은 양봉과 한섬이었다.

"그처럼 무수한 고생을 하며 천자를 지켜 왔는데 어슬렁어슬렁 기어 나온 조조에게 모든 공을 빼앗겨 버리다니."

"정말일세. 이대로 눌러 지내기도 고약하단 말이지."

두 사람은 궁리 끝에 부하들을 이끌고 낙양에서 모습을 감췄다. 조조는 양봉이 낙양에서 도망치자 그가 이각을 찾아가 합세할까 걱

조조가 실시한 둔전제

둔전제는 당면한 식량 기근을 해결하고 병사들의 휴식 기간을 활용한다는 관점에서 제안되었지만 실로 정치·경제·사회·문화·군사 전반에 걸쳐 근본적인 변화를 가져온 정책의 설정이었다.

후한 말 이래 거의 붕괴 직전이었던 농촌 경제를 되살리고 혼란 상태에서 빚어진 사회적 불안을 진정시키는 데 결정적 역할을 하였던 것이다.

원래 중국의 둔전제는 한 무제가 흉노족을 공략했을 때 병사들을 변경에 주둔시키면서 평상시에 농사를 짓게 하여 식량을 자급자족한 예가 있었고, 그 후에도 국지적으로 둔전을 실시한 적이 있지만 조조처럼 대규모의 둔전을 실시한 전례는 없었다.

조조가 실시한 둔전제는 오랫동안의 전란으로 소유주가 없어진 땅을 공전(公田)이라 하여 농민이나 병사들에게 개간시키는 제도였다. 농민에 의하여 경작되는 것을 민둔(民屯), 병사들에 의하여 경작되는 것을 군둔(軍屯)이라 하였다. 그리고 농사짓는 소가 없는 자에게는 관청의 소를 대여해 주고 수확의 60%를 관에 바치게 하였고, 자기 소를 가진 자는 수확의 50%를 바치게 했다.

정을 했다. 그러자 동소가

"발톱빠진 호랑이와 날개잃은 새가 무슨 일을 하겠습니까?"*

라고 말하며 걱정할 필요가 없다고 진언했다.

한편, 조조는 황폐할 대로 황폐해진 낙양을 버리고 허창으로 도
읍을 옮기도록 황제에게 권했다. 황제는 약간 주저했다.

'또 천도한단 말인가?'

하는 기분을 떨굴 수가 없었다. 그러나,

"식량에 대해서는 조금도 염려하지 마옵소서."

하는 조조의 힘찬 목소리를 듣는 순간 어쩔 수 없다는 생각이 들
었다. 황제 옆에 시립해 있던 대신들도 마찬가지였다. 만일 허창으로
도읍을 옮기자는 조조의 제안을 거부하고 싶다면 최소한의 책임, 즉
식량문제를 해결하지 않으면 안 되었다. 황제도 사정을 모르지 않았
다. 다만 낙양에 대한 미련을 떨쳐 버릴 시간이 필요했던 것뿐이었다.

결국 이렇게 해서 다시 천도가 결행되었다. 그날, 조조는 앞장서
서 군사를 이끌고 황제의 수레를 경호했다. 허창으로 향하는 도중
나지막한 언덕을 지날 때였다. 돌연 고함소리가 일어나고 일단의 병
력이 공격을 가해 왔다.

"조조, 천자를 빼앗아 어디로 가느냐!"

"얌전히 병사를 거두어 연주 땅으로 돌아가거라!"

소리치며 모습을 나타낸 병력은 얼마 전 낙양에서 자취를 감춘

양봉과 한섬의 휘하 병사들이었다.

조조는 당황하지 않았다. 양봉의 부하인 서황이 공격하자 허저를 내세워 무승부로 끝내게하고, 그날 밤에 사람을 보내 서황을 설득하여 조정으로 귀순케 하였다. 서황이 떠난 양봉과 한섬의 병력은 더 이상 조조군의 적수가 아니었다. 거의 모든 병사가 항복했기 때문에 양봉과 한섬은 몇 명 남지 않은 패잔병을 이끌고 남양의 원술을 의지하여 도망쳤다.

조조는 허창에 도착하자 곧 성벽을 수리하고, 궁성이나 관청의 건물, 창고 등을 새로 짓고 도로를 정비하고 시가지를 조성했다. 이렇게 해서 허창은 황제가 사는 도읍으로 새롭게 태어나 허도(許都)로 불리며 나라의 중심이 되었다.

그러나 허도를 지배하게 된 실력자는 황제가 아니라 조조였다. 조조 진영은 10여 만의 정예병력과 풍부한 식량은 물론 과감한 인재등용으로 다른 군웅들을 압도하고 있었고, 백성들로부터 인기를 얻고 있었다. 황실의 존재는 점차 희미해져 갔다.

조조는 허도의 정권을 안정시키자 장수들을 모아 놓고 대연회를 열었다. 그 자리에서 이렇게 말했다.

호무조 조무익(虎無爪 鳥無翼)

'호무조(虎無爪 : 발톱빠진 호랑이), 조무익(鳥無翼 : 날개 잃은 새)가 무슨 일을 할 수 있겠습니까.' 는 말은 자기의 장점을 잃으면 쓸모가 없어진다는 의미로서 이후 널리 사용되었다.

"요즘 여포가 서주의 유비에게 몸을 의탁하고 있다는데, 그 두 사람이 힘을 합치면 무시할 수 없는 세력이 된다. 지금 어떻게든 손을 쓰고 싶은데 좋은 계책이 없는가?"

그러자 순욱이, '이호경식(二虎競食)*의 계략'이라는 것을 내놓았다.

"유비는 서주를 다스리고 있지만 정식으로 조정의 허락을 받지 못했습니다. 그러니까 칙사를 내려 보내 유비를 서주목에 임명하고, 함께 밀서를 보내 유비의 손으로 여포를 죽이도록 명하는 것입니다. 여포를 없애 버리면 서주의 세력은 약해질 것이고, 실패한다면 여포가 유비를 죽일 것이 분명합니다. 그러니까 두 마리의 호랑이가 서로 싸우다 어느 한쪽이 멸망하게 되는 계책입니다."

"그것 재미있겠군. 좋다, 그렇게 하기로 하자."

조조는 고개를 끄덕였다.

그로부터 며칠 뒤, 서주에 칙사가 도착하여 유비를 정식으로 서주목으로 임명한다는 조칙을 전하고, 은밀히 조조의 밀서를 유비에게 건네주었다.

"조조는 이미 허도에 황제를 맞이하여 그 기세가 황제를 능가할 정도라고 들었는데, 뭣하러 밀서를 보내 왔습니까?"

하고 관우가 물었다.

"음, 내 손으로 여포를 죽이라는 걸세."

밀서를 내보이며 유비가 대답했다.

"그렇다면, 얼른 놈을 해치워 버립시다."

여포를 싫어하는 장비가 커다란 눈을 번뜩였다.

"안 돼, 그럴 수는 없지."

유비는 고개를 좌우로 흔들었다.

다음 날, 유비가 서주목에 정식으로 임명된 것을 축하하러 여포가 소패로부터 찾아왔다. 그러자 느닷없이 장비가 칼을 휘두르며 여포에게 덤벼들었다.

"무슨 짓을 하는 거냐!"

여포가 황급히 뒤로 물러났다.

"뻔한 일이지. 너를 죽이라고 허도에서 명령이 내려왔단 말이다. 얼른 그 목을 내놓아라!"

"기다려라, 여포님께 무례해서는 안 된다."

다시금 칼을 휘두르려고 하는 장비를 유비가 제지했다. 그리고 나서 여포에게 조조가 보낸 밀서를 보여 주며,

"안심하십시오. 여장군님을 해칠 생각은 조금도 없으니까요."

유비의 말에 여포는 눈물을 흘리며 감사해하며 소패로 돌아갔다.

"좋은 기회였는데 어째서 여포를 죽여 버리지 않았습니까?"

이호경식(二虎競食)

'두 마리의 호랑이가 싸운다는 뜻'으로 두 나라를 이간질시켜서 서로 적대심을 높여 싸우게 만드는 계략이다. 직역하면 음식을 하나만 제공하여 두 범이 서로 먹겠다고 다투게 만든다는 뜻으로 순욱이 여포와 유비를 싸우게 만들려고 내놓은 계책이다.

장비가 불만스러운 듯이 화를 내자 유비는 차분히 설명했다.

"조조는 우리와 여포가 힘을 합칠까 봐 걱정하는 거야. 그래서 이런 밀서를 보내 나와 여포 사이를 갈라놓으려고 한 것이지. 내가 그런 속임수에 넘어갈 것 같은가?"

"과연 형님이십니다. 잘도 간파하셨습니다."

관우가 손으로 무릎을 치며 감탄했다.

유비는 여포에 대한 일은 가까운 장래에 실행하겠다고 답서에 써서 칙사에게 건네주었다. 칙사는 허도로 돌아가서 유비가 여포를 죽일 것 같지 않다는 느낌을 받았다고 보고했다.

3

조조는 순욱을 불렀다.

"그대의 계책은 실패한 것 같네."

"그렇다면 다음 계책이 있습니다."

순욱은 예상하고 있었던 것처럼 즉시 의견을 내놓았다.

"우선, 남양의 원술에게 은밀히 사자를 보내 유비가 쳐들어가려 한다고 알려 줍니다. 원술은 화를 내며 유비를 치려고 할 것입니다. 그때 유비에게 원술을 토벌하라는 조칙을 내리는 것입니다. 두 사람이 싸우고 있는 틈에 여포는 틀림없이 서주를 취할 것입니다. 그러니까 호랑이를 충동질해서 늑대를 잡아먹게 하는 계책, 즉 '구호탄 랑(驅虎呑狼)의 계략' 입니다."

"과연 자네 말대로다. 칙명(勅命 = 황제의 명령)이라면 유비가 거역 할 수 없을 것이다."

조조는 빙긋 웃었다. 우선 원술에게 사자(使者)를 보내고 그 다음에 칙사를 내려 보내 '원술을 토벌할 병사를 일으켜라' 는 조서(詔 書 = 황제의 명령을 쓴 문서)를 유비에게 보냈다.

조서를 받아든 유비는 관우와 장비를 비롯하여 미축, 손건, 진등 등의 가신들과 의논을 하였다.

"이것도 조조의 계략입니다. 넘어가면 안 됩니다."

미축이 충고하였다.

"알고 있다. 그러나 칙명을 거스를 수는 없는 일."

유비는 말했다.

"어차피 가야 한다면 이곳을 지킬 사람을 정해 놓고 갈 필요가 있습니다."

손건이 말했다.

"저에게 맡겨 주십시오."

장비가 한발 앞으로 나왔다.

"그대는 술버릇이 나쁘고, 술을 마시면 다른 사람의 말을 듣지 않고 난폭하게 행동하니 안심하고 맡길 수 없다."

"그렇다면 지금부터 술을 끊겠습니다. 술은 한 방울도 마시지 않겠습니다."

장비는 진지한 표정으로 맹세하였다.

그런데 이 무렵에 원술은 허망한 꿈속에서 살고 있었다. 즉, 후한 최고의 명문가 후손인 자신이 황제가 되어야겠다는 야심을 품은 것이다.

'일단은 서주를 내 손아귀에 넣어야지.'

원술은 세작(간첩)을 보내 유비와 여포 진영의 정보를 모았다. 유비와 여포 사이가 별로 가깝지 않다는 걸 알게 되자 원술의 참모 기령도,

"여포는 배신을 밥 먹듯 하는 자, 재물로 유인하면 쉽사리 유비에게 등을 돌릴 것입니다. 그때를 노려 서주를 치면 됩니다."

하고 의견을 내놓았다.

"좋다. 여포를 유인하라."

원술은 이미 조조의 전갈을 받기 앞서 나름대로 서주 공략을 준비하고 있었던 것이다.

그런 가운데 조조의 밀사를 만나 이야기를 듣자 원술은,

"이 돗자리 장사꾼놈, 내가 벼르고 있는데 마침 잘 됐다. 건방지게 나를 공격할 준비를 한다고……, 무례해도 정도가 있지!"

하고 대뜸 화를 내더니 대장 기령에게 10만의 군사를 내주며 서주를 쳐서 유비를 잡아오라고 명령했다.

원술군이 쳐들어온다는 소식을 듣자 유비는 관우에게 선봉을 맡기고 장비를 하비성에 남겨 다스리게 한 후 출동했다. 양군은 우이현에서 격돌했다. 관우가 기령의 부장을 단 일격에 베어 버렸다. 그러자 기령은 겁을 집어먹고 병력을 후퇴시켜 지루한 대치전이 되었다.

그때 하비성을 맡은 장비는 맹세한 대로 술을 한 방울도 마시지 않고 있었으나, 어느 날, 부하들을 위로한답시고 연회를 열었다.

"모두들 잘해 주고 있구나. 감사하네. 자아, 오늘은 실컷 마시고 내일부터는 다시 나를 도와 열심히 일해 주게나."

장비는 일동에게 일일이 술을 따라 주며 좌석을 돌아다녔다. 부하들은 모두 감사하다는 인사를 하면서 술잔을 기울였다.

술냄새가 주위에 풍기고 모두들 웃고 떠들기 시작했다. 장비는 부러운 듯이 그런 모습을 둘러보고 있었지만 마침내 더는 참을 수 없었던지,

"이봐, 나에게도 한 잔 부어라!"

하고 병사에게 커다란 잔을 내밀고 철철 넘치도록 술을 따르게 하여 단숨에 마셔 버렸다. 계속해서 두 잔, 세 잔. 이렇게 되자 마침내 열댓 잔이나 내리 마시게 되었다.

장비와 술
장비는 술을 자주 즐겼고 엄청난 대주가였다. 그리고 취하면 아랫사람을 괴롭히기도 했으나 윗사람에게는 공손했다. 성질이 포악하고 급했지만 술 한잔을 먹으면 관대해지기도 했다. 그래서 두주불사, 많은 술을 사양하지 않고 마시는 경우를 '장비 술 마시듯 한다' 고 말한다.

이윽고 장비가 휘청거리며 일어섰다. 그리고는 다시 일동에게 술을 따르며 돌아다니기 시작했다. 그런데 조표라는 부하가 자기는 더는 못 마시겠다며 거절했다.

"뭐라고? 조금 전까지 잘도 마시지 않았느냐?"

"조금 전까지가 제 주량입니다. 더 이상은 무리입니다. 제발 용서해 주십시오."

"내 술을 마시지 못하겠다고!"

술버릇이 고약한 장비는 주먹을 들어 조표의 턱을 힘껏 때렸다. 조표는 악! 하고 소리치며 나동그라졌다. 진등이 달려와 말렸으나, 이렇게 되면 더 이상 남의 말을 들을 장비가 아니다. 조표를 붙잡아 채찍질하게 하고, 50을 셀 때까지 용서하려고 하지 않았다. 무지막지한 일이었다. 술을 안 마신다고 심하게 매질당한 조표는 앙심을 품게 되었다.

'너 장비 놈, 어떻게 되는지 두고 보자!'

그날 밤, 조표는 소패에 있는 여포에게 심부름꾼을 은밀히 보내 장비가 술에 취해 정신을 잃고 있는 틈에 서주를 공격하도록 권했다.

"지금이야말로 서주를 취할 수 있는 절호의 기회입니다. 나중에 후회해도 소용 없습니다."

하고 진궁의 부추김을 받자 여포는 즉시 500기를 이끌고 하비성으로 달려갔다.

하비성은 소패에서 100리가 채 안 되는 거리에 있었기 때문에

여포가 순식간에 도착하자, 조표는 기다렸다는 듯이 성문을 열어 주었다. 그러자 여포의 군사는 '와아' 하고 함성을 지르면서 성안으로 쇄도해 들어갔다.

"큰일 났습니다. 여포가 군사를 이끌고 쳐들어왔습니다."

술에 취해 곯아떨어진 장비는 부하가 흔들어 깨우자, 황급히 벌떡 일어나 밖으로 달려 나갔으나 아직도 취기가 남아 있어 비틀거리고 있었다. 17, 8명의 부하가 겨우 주위를 에워싸고 장비를 뒷문으로 도망치게 해 주었다.

"기다려라, 장비. 무서워 도망치느냐!"

조표가 소리치며 뒤쫓아왔다. 장비는 싸울 수가 없어 그저 멀리 도망치기 바빴다.

"할 수 없지. 성 같은 것은 언제든 되찾을 수 있으니까."

장비는 겨우 자신을 위로하며 유비에게 갔다.

주위로부터 자초지종을 들은 유비가,

"그럼 너희들 외에는 빠져나온 사람이 없느냐?"

하고 묻자, 그제서야 장비는 정신이 번쩍 들었다.

"형수님들을 그만 잊었습니다."

장비의 목소리에는 울음이 섞여 있었다.

그때 관우가 소식을 듣고 달려와 화가 머리끝까지 나서 고함을 쳤다.

"하비성을 맡을 때, 너는 뭐라고 약속했느냐? 술을 한 방울도 마시지 않겠다고 한 것은 거짓말이었느냐? 성을 빼앗긴데다가 형수님들까지 적의 손에 넘겨 주고 잘도 이곳에 찾아올 수 있었구나, 그래."

그러자 장비는 대뜸 칼을 뽑더니 자신의 목을 찌르려고 했다.

"무슨 짓이냐, 그만둬라!"

유비가 황급히 장비를 끌어안고 칼을 빼앗았다.

"바보 같은 짓 하지 마라. 우리들은 도원에서 죽을 때 함께 죽자고 맹세하지 않았느냐? 설사 성과 가족을 잃었다고는 하더라도 너 한 사람만 죽게 할 수는 없다."

유비는 장비를 타일렀다.

장비는 격한 심정을 못 이겨 뜨거운 눈물을 줄줄 흘렸다.

소패왕 손책의 등장

1

여포가 하비성을 빼앗은 소식이 곧 원술에게 전해졌다.

'마침 잘 됐다. 이 기회에 여포를 이용하여 유비 녀석을 없애 버리자.'

원술은 마음을 굳히고 여포에게 급히 사자를 파견했다.

"그대가 유비의 배후를 공격해 준다면 군량 5만 석, 말 5백 필, 금은 1만 량을 주겠다."

"원술이 부유하다고 들었지만 과연 배포 한번 크구나."

물욕이 강한 여포는 두말할 것도 없이 승낙했다. 그리고 부장 고순(高順)에게 2만의 병력을 내주며,

"유비의 배후를 기습하라"

고 명령한 후 자신도 출동 준비를 갖췄다.

이 정보가 유비에게 들어갔다. 유비의 안색이 어두워졌다.

"원술과 여포에게 협공을 당해서는 도저히 승산이 없다. 후퇴했다가 차후에 재기를 노리자."

유비는 진을 거두고 때마침 쏟아지는 장대비를 이용하여 광릉 방면으로 빠져 나갔다.

고순의 군대가 유비 진영에 도착한 것은 그 다음 날이었다. 도착해보니 유비가 세웠던 영채 일대에는 사람의 그림자는 하나도 없고, 버려진 깃발이나 군마의 여물통이 비를 맞으며 여기저기에 굴러다니고 있을 뿐이었다.

"유비 놈, 우리가 온다는 것을 알고 도망쳐 버렸군."

고순은 만족해하고 원술의 부장 기령(紀靈)의 영채로 찾아가 약속한 물자를 내놓으라고 요구했다.

"아니, 나는 그런 내용은 처음 듣소."

기령의 대답은 냉담했다.

"그대의 주공 원술님이 약속한 것을 듣지 못했다고 발뺌한다는 건 우리를 무시하는 비겁한 처사요."

고순이 따지고 들자,

"그렇다면 내가 돌아가 주공님께 여쭈어 보겠소. 그대는 일단 돌아가 기다리면 연락을 주겠소."

하고 기령이 대꾸했다.

승강이를 되풀이해 봤자 아무런 결말이 나지 않을 것이기에 고순은 일단 하비성으로 돌아와 여포에게 보고했다.

"원술 녀석, 어떻게 할 작정일까?"

여포가 고개를 갸웃거리고 있는데 원술의 편지가 도착했다.

고순은 분명히 유비가 버린 영채에 들어갔다. 그러니 유비를 물리친 것
은 아니다. 유비를 잡아 그 목을 벤다면 약속한 물자를 즉시 보내 주겠다.

여포는 그제서야 원술의 속셈을 눈치챘다.

"이 쥐새끼 같은 원술 녀석, 사람을 바보 취급하다니! 출진 준비
를 해라. 원술부터 쳐부셔야겠다."

화가 치밀어 악을 쓰는 여포를 진궁이 달랬다.

"눈앞의 작은 일에 사로잡혀 성급하게 행동해서는 안 됩니다."

진궁은 차근차근 설명했다.

"들리는 바에 의하면, 원술은 본거지를 남양에서 수춘으로 옮기
고, 대군을 훈련시키며 군량도 충분히 비축하고 있다는 소문입니다.
우리 힘으로 간단히 이길 수 있는 상대가 아닙니다. 또한 원술의 형
원소도 하북에서 패자로 버티고 있습니다. 거기다가 허도에는 천자
를 거둔 조조가 있습니다. 장군님이 천하를 노리려면 이 세 사람을
철저히 연구하고 대비하지 않으면 안 됩니다."

진궁의 말투가 차츰 열을 띠기 시작했다.

"그러기 위해서는 우선 유비를 다시 불러다 소패성에 놓아두고,

원술을 공격할 때 선봉으로 이용하는 것이 좋을 것입니다. 원술을 견제하고 뒤이어 원소와 조조가 싸워 한쪽이 거꾸러진 후 이긴 쪽을 도모한다면 천하는 장군님의 것이 됩니다."

조조가 은혜를 원수로 갚았다고 해서 버렸던 진궁이 예전과 달리 배신을 밥 먹듯 하는 여포를 내세워 천하를 평정하려는 야심을 갖게 된 것이다.

물론 여포에게도 천하를 자기 손아귀에 넣고 싶은 야심이 있었다. 하비성을 빼앗은 것도 그것을 위한 발판으로 삼기 위해서였다. 그러나 마음과 달리 여포의 능력으로 그것이 가능한 일인가?

"알았네. 분명히 눈앞의 이익에 지나치게 사로잡히는 것은 좋지 않겠지?"

여포는 계면쩍은 듯이 머리를 긁적거리고는 유비에게 사자를 보냈다.

그 무렵, 유비는 참담한 심정으로 광릉 일대를 헤매고 있었다. 유비에 대해 가망이 없다고 단념한 병사들이 5명씩, 10명씩 매일처럼 도망쳐서 지금은 거느리는 부하가 불과 수백 기로 줄어들고 있었던 것이다.

여포의 사자가 찾아왔다.

"여포가 나를 받아들이겠다고 한다."

기뻐한 유비는 재빨리 하비성을 향해 갔다.

그러자 여포는 두 부인을 유비에게 돌려주며,

"나는 성을 차지할 생각이 없었소. 다만 장비가 술을 마시고 주정을 심하게 한다고 하기에 잘못되어서는 안 될 일이라 여겨 성을 지켜 주러 왔을 뿐이오."

하고 말하면서도 하비성을 돌려주겠다는 언질은 전혀 비치지 않았다. 유비는 여포의 속마음을 짐작하여,

"원래 서주는 여장군님께 주려고 생각하고 있었습니다."

하고 자신은 소패성에 머무르겠다는 뜻을 전한 후 관우와 장비를 달래 가족과 함께 소패성으로 갔다.

2

한편, 큰 힘을 들이지 않고 여포와 유비 사이를 갈라놓은 원술은 마치 서주를 손에 넣은 듯이 기뻐하며 수춘성 안에 장수들을 모아 놓고 호화판 연회를 열었다.

"유비와 여포 정도는 나에게 걸리면 갓난애나 다름없다. 기회를 봐서 두 번 다시 일어서지 못하도록 혼쭐을 내주겠다."

원술은 기염을 토하며 장수들을 둘러보며 으시댔다. 모두들 박수를 치며 원술에게 동조하고 있었다.

그러나 연회석 구석에서는,

'원술, 어리석은 놈. 잘도 지껄여대는군.'

하고 한 청년이 못마땅한 얼굴로 원술의 기고만장한 모습을 싸늘하게 바라보고 있었다.

청년의 이름은 손책(孫策). 동탁을 타도하기 위해 군사를 일으킨 군웅들의 연합군에 가담했다가 진시황의 옥새를 손에 넣은 손견의 아들이 바로 그였다. 4년여 전, 부친을 여읜 손책은 어머니와 동생들을 숙부에게 맡기고 원술 밑에 몸을 의탁하여 장래를 기약하고 있었다.

무용이 뛰어난 손책은 여러 차례 싸움터에 나가 공을 세워 원술에게 귀여움을 받고 있었다. 하지만 손책은 원술에 대해,

'명문 태생이라는 것을 내세워 우쭐거리고 있는 시대에 뒤떨어진 어리석은 인물이다.'

하고 그 인물 됨됨이를 정확히 꿰뚫어 보고 있었다.

연회가 끝나고 집으로 돌아온 손책은 때마침 휘영청 밝은 달에 유혹을 받은 듯이 저택의 뒤뜰로 나가 생각에 잠겼다.

'지금 어머니와 동생들도 저 달을 보고 있겠지. 그런데 나는 이대로 가다가 한심한 원술에게 이용이나 당하다 끝날 위험이 많아. 어떻게 하면 좋지……'

장래를 생각하자 선친 손견의 살아 생전 모습도 떠오르고 어머니와 아우들의 모습이 눈에 선했다. 손책은 자신도 모르는 사이에 눈물을 흘렸다.

그때 밖에서 누군가가 들어오더니,

"손책님, 왜 울고 계십니까?"

하고 말을 걸었다. 선친 손견의 부하로 활약했던 주치(朱治)라는 사람이었다.

"세월은 흐르는데 언제까지나 원술 같은 자에게 얽매여 있는 나 자신이 너무 답답하여 그러네."

손책은 부끄러운 듯이 눈물을 닦았다.

"그렇다면 원술에게 병사를 빌려 강동으로 진출해 보는 것이 어떻겠습니까?"

하고 주치가 의견을 내놓았다.

"음, 그것도 궁리를 안 해본 것은 아니지만……."

두 사람이 이렇게 이런저런 방법을 찾아 얘기를 나누고 있으려니 또 한 사람이 들어왔다. 여범(呂範)이었다.

"두 분의 얘기를 들었습니다. 미력하나마 저도 힘을 보태겠습니다. 의심하지 마십시오. 실은 저도 오래전부터 손책님의 인품과 무용에 반해 언젠가는 말고삐를 잡고 모실 수 있기를 기대하고 있었습니다."

감격한 손책은 두 사람을 방으로 불러들여 원술로부터 독립하려면 어떻게 해야 좋은가에 대해 본격적으로 의논했다.

"문제는 원술의 병사를 빌릴 수 있느냐 아니냐입니다."

하고 여범이 말하자, 손책은 자신 있다는 듯이 대답했다.

"그 일이라면 걱정하지 말고 나에게 맡겨 주게나."

다음 날, 손책은 원술 앞으로 나아가 눈물을 흘리며 간청했다.

"최근에 고향에서 온 소식에 의하면, 숙부 오경이 양주의 유요에게 공격을 당해 곤경에 빠졌다고 합니다. 숙부 밑에 있는 어머님과 아우들이 어떻게 되었는지 정말 걱정입니다. 수천의 병사만 빌려 주신다면 가족을 구하고 원공 어른께도 보답하고 싶습니다."

원술은 대꾸도 하지 않은 채 시큰둥한 표정을 하고 있었다. 손책은 이를 못본 체하고 가슴속에서 상자 하나를 꺼내며 얘기를 계속했다.

"이것은 선친의 유품인 전국옥새입니다. 지금까지 소중하게 간직해 왔습니다만, 이것을 맡길 생각이오니 부디 저의 소원을 들어 주십시오."

옥새라는 말을 듣자 원술의 얼굴이 환하게 밝아졌다. 손책이 내미는 상자를 받아들고 안을 들여다보더니 말투부터 달라졌다.

"손책, 내가 특별히 이것을 갖고 싶은 것은 아니지만 잠시 맡아두겠다. 그 대신에 3천 명의 병사와 5백마리의 말을 빌려 주겠다."

"감사합니다!"

손책은 사의를 표하고 물러났다.

'원술 녀석, 마치 먹이를 발견한 늑대 얼굴을 하고 있더군. 꽤나 옥새를 갖고 싶었던 모양이지?'

전국옥새는 선친의 소중한 유품이었으나 지금의 손책에게는 병사와 말을 손에 넣는 쪽이 더 중요했다. 그 때문에 옥새를 내놓아도 조금도 아깝지 않았다.

손책은 병력을 얻자 주치, 여범을 위시하여 선친의 부하였던 정보, 황개, 한당 등을 거느리고 재빨리 수춘을 떠났다.

장강을 건너 역양현 부근까지 왔을 때, 일단의 인마와 마주쳤다. 선두에 선 젊은이가 손책을 보자 얼른 말에서 내렸다.

"오! 공근 아닌가?!"

손책이 소리쳤다. 주유(周瑜)는 자를 공근이라 하고, 손책과 같은 나이로 어렸을 때부터의 친구이자 의형제나 다름없었다.

"오래간만입니다, 형님!"

주유는 단아한 얼굴에 미소를 지으며 머리를 숙였다.

"그대는 지금 어디로 가는가?"

"단양에 있는 숙부님을 찾아뵈러 가는 길입니다."

"그런가? 나는 지금 양주의 유요를 치러 가는 길인데 나를 도와주지 않겠나?"

"그렇다면 기꺼이 함께 가겠습니다."

주유는 두말없이 승낙하더니 다시,

"이 두 사람을 참모로 삼으면 절반은 성공한 것이나 다름없습니다."

라고 말하며 장소와 장굉이라는 두 인물을 찾아보도록 권했다.

"강남 땅에 그 정도의 걸출한 인물이 있는 줄은 미처 몰랐네."

손책은 크게 기뻐하고 두 사람을 찾아가 설득하여 참모로 맞아들였다.

3

여기는 양주 땅.

손책이 쳐들어온다는 소식을 들은 유요는 부하 장영(張英)에게 병력을 주어 싸우게 했다. 양 군은 장강의 동쪽 연안에 있는 우저에서 싸웠다. 손책이 선두에서 병사들을 독려하며 장영의 군사들을 덮쳤다.

양 군이 뒤섞여 한참 싸우는데 갑자기 장영의 본진쪽에서 함성과 함께 불길이 치솟아 올랐다.

"큰일이다. 본진에 불이 났다!"

장영은 당황해 병력을 퇴각시켰다. 이 틈을 놓치지 않고 손책군이 일제히 쳐들어갔다. 장영은 수많은 병사를 잃고 군량과 무기를 무수히 버리며 산 속으로 도망쳐 들어갔다.

손책의 대승이었다.

"그건 그렇고, 우리들이 한참 싸우고 있는 도중에 장영의 본진에 불을 지른 것은 대체 누구인가?"

싸움이 끝나고 손책이 고개를 갸웃거리고 있으려니까, 부하가 두 사람을 데리고 들어왔다. 불을 지른 것은 그 두 사람이라고 했다. 한 사람은 주태고, 또 한 사람은 장흠이라 했다.

"그대들은 어디서 무엇하던 사람들이오?"

손책이 묻자 그들은 각각 대답하기를,

"저희들은 장강을 오르내리는 배를 습격하여 먹고 사는 해적입니다."

"이번에 오시는 손책이라는 분이 옛날 손견님의 장남으로 강동 땅을 평정하려 하신다는 소식을 듣고 이렇게 찾아왔습니다."

"그래서 우선 졸개들을 데리고 장영의 영채에 불을 지른 것입니다. 부디 저희들을 부하로 써 주십시오."

"좋다. 우리 편으로 삼겠다. 열심히 해라."

손책은 유쾌한 듯이 300명의 졸개와 함께 두 사람을 받아들였다.

첫 싸움에서 승리하여 기세가 오른 손책은 다시 신정으로 병력을 출동시켰다. 그 무렵 장영이 패한 소식을 듣고 유요가 직접 병사를 거느리고 신정산 남쪽 기슭에 영채를 세웠다.

신정산 북쪽에 진을 친 손책은 산 위에 광무제(후한을 세운 인물)의 사당이 있다는 말을 듣고, 정보와 황개 등 몇몇 측근을 거느리고 산으로 올라갔다.

광무제의 사당 앞에 이르자 손책은 두 손을 합장하고,

"만약 제가 선친의 뜻을 이어 강동 땅을 평정할 수 있다면 커다란 사당을 새로 지어 제사드리겠습니다."

하고 자신 있는 목소리로 아뢰며 소원을 빌었다. 사당을 나오자 손책은 내친김에 유요의 진지 모습을 보고 오겠다고 하면서, 대담하게 몇 명의 수행 병사만 거느리고 고개를 넘어 남쪽으로 내려갔다.

한참 동안 주위를 살펴보고 나서 돌아오려고 하는데 기슭에 있는

유요의 진에서,

"손책, 도망치지 말고 거기서 기다려라!"

하고 외치며 달려오는 장수가 하나 있었다.

"누구냐, 너는?"

손책이 마주 소리를 치자 달려온 젊은 장수는,

"나는 동래의 태사자(太史慈)다!"

하고 외치자마자 창을 바짝 당기고 손책을 찌르려 덤벼들었다. 손책도 창을 겨누고 반격을 가했다. 둘이 찌르고 피하고, 찌르고 피하기를 50합에 이르렀으나 승부가 나지 않았다.

그러는 사이에 손책이 뻗은 창을 태사자가 몸을 피하며 옆구리에 끼고, 태사자의 창을 손책이 역시 옆구리에 끼게 되었다. 힘껏 서로 잡아당기는 통에 두 사람 모두 '쿵' 하고 말에서 굴러 떨어졌다.

"자아, 덤벼라!"

"이런 건방진 놈!"

두 사람은 창을 버리고 육탄전을 벌였다. 서로 마주 잡고 뒹구는 사이에 손책이 태사자의 등에 꽂혀 있는 짧은 극을 한 자루 빼앗았고, 태사자는 손책의 투구를 벗겨 손에 잡았다. 손책이 극으로 찌르면 태사자는 투구로 그것을 막았다.

육탄전은 언제 끝날지 모르게 계속되었으나, 양쪽 진영에서 원군이 달려오고, 때마침 저물기 시작한 하늘에서 빗줄기가 쏟아져 내렸기 때문에 두 사람은 각각 자기 진영으로 돌아갔다.

4

이튿날, 손책군과 유요군이 재차 충돌했다.

그날 손책이 진지 앞에서 말에 올라타고 창끝에 태사자의 극을 매달아 흔들며,

"어떠냐? 태사자의 도망치는 걸음이 조금만 늦었다면 지금쯤은 꼬치구이가 되었을 것이다!"

하고 외치자, 저편의 태사자도 손책의 투구를 창 끝에 매달아 공중 높이 치켜들면서,

"봐라, 손책의 목이 여기에 있다!"

하고 마주 외쳐대며 의기양양해 했다.

그러자 양 군의 병사들은 서로 질세라 와아 하고 함성을 지르며 기세를 올려 돌격을 감행했다. 무기가 서로 부딪치는 날카로운 소리에 말발굽소리, 고함소리와 욕지거리가 일제히 터져 나오더니 비명이나 신음소리가 뒤섞였다. 밀쳤다가는 되밀려나고, 밀려났다가는 되밀어 붙이고 있는 동안 양 군의 병사들과 말들이 '픽픽' 쓰러져 갔다.

그런데 갑자기 징소리가 울리고 유요의 병력이 일제히 퇴각했다.

주유가 일대의 병력을 거느리고 은밀히 유요의 본거지인 곡아를 급습하여 점령했다는 소식이 유요에게 전해졌던 것이다.

유요는 본거지를 빼앗겼으니 돌아갈 곳이 없어졌다. 그래서 병사

를 이끌고 멀리 도망쳤는데 태사자는 경현으로 달아났다.

결국 유요는 형주의 유표에 기대어 갔고, 손책은 경현으로 군사를 진격시켜 태사자를 생포했다.

태사자가 끌려 오자 손책은 단상 아래로 내려가 묶은 새끼줄을 손수 풀어 주면서 위로했다.

"귀공은 진짜 용사요. 나의 힘이 되어 주지 않겠소?"

태사자는 손책의 태도에 감격해 항복했다. 패전으로 뿔뿔이 흩어져 있는 유요의 병사들을 자기가 모아 오겠다고 제의했다.

"그것이야말로 내가 원하던 일. 그럼 약속을 하세. 내일 정오까지 돌아오도록."

"알았습니다."

태사자는 가볍게 한번 인사를 하고 손책의 영채를 떠났다.

그러자 손책의 부하 장수들이,

"태사자는 절대로 돌아오지 않을 것입니다."

하고 의심을 했는데 손책은 단호히,

"아니다. 태사자는 속된 무장이 아니라 훌륭한 용사다. 약속을 저버리는 일은 결코 없을 것이다."

하고 단언했다. 그래도 모두들 손책의 말을 믿지 않았다.

다음 날, 손책은 진문 앞에 장대를 세우고 해의 그림자로 가늠하며 태사자를 기다렸다. 해가 중천에 떠올라 바로 정오가 되려고 할 때, 멀리 흙먼지가 뭉게뭉게 피어올랐다. 태사자가 1천 명 남짓한 유요의 병사를 모아 돌아왔던 것이다.

장수들은 손책의 사람보는 안목과 태사자의 성실함을 알고 다시 한번 깊이 감동했다.

이렇게 해서 수만 명으로 불어난 병력을 이끌고 손책은 다시 남쪽에 있는 오군(吳郡)으로 진격했다. 오군에서 난폭한 행위를 일삼고 있던 자들을 토벌하면서 마침내 손책은 강동 일대를 모조리 평정했다.

손책의 군대는 약탈을 전혀 하지 않고, 백성의 것은 닭 한 마리, 개 한 마리조차 손을 대지 않았다. 그러자 사람들은 크게 기뻐했으며, 손책에게 친근감을 담아 손랑(孫郎＝손도련님)이라고 불렀다.

어머니를 비롯하여 온가족을 불러들인 손책은 동생 손권에게 양주 단양군의 선성을 지키게 하고, 그 밖의 장수들에게 각지의 수비를 명하고 허도의 조정에 이 일을 보고했다. 손책의 일처리는 젊은 사람답지 않게 빈틈이 없었다. 그리고 손책은 원술에게 빌린 병사와 말을 돌려주면서 편지를 보내어 맡겨둔 옥새를 돌려달라는 요구도 잊지 않았다.*

유자여손랑 사복하한(有子女孫郎 死復何恨)
'손책같은 아들을 둔다면 죽어도 여한이 없겠다.'고 원술이 손책의 용맹을 칭찬하면서 한 말. 이후에 '사복하한'은 뜻한 바를 강조할 때 널리 사용되었다.

서주에 부는 풍운

1

원술은 요즘 들어 걸핏하면 화를 잘 냈다. 두말할 것도 없이 손책의 편지 때문이었다.

'옥새를 돌려 달라고? 무례한 놈. 병사와 말을 빌려 준 은혜를 벌써 잊어버린 모양이지.'

그러다가 화풀이하듯 손책을 공격하겠다고 하면 주위에서,

"지금 기세등등한 손책을 공격하는 것은 절대 현명한 일이 아닙니다."

하고 만류하는 일이 거듭되었다.

그러던 어느날 원술은 방향을 바꾸었다.

"아예 유비 녀석부터 없애 버리자."

노여움의 화살을 소패성에 있는 유비에게 돌린 것이다. 예전에 서

주를 점령하지 못한 분풀이기도 했다.

그런데 소패성의 유비를 공격하게 되면 하비성의 여포가 어찌 나올지가 문제였다. 그가 유비 편을 들면 골치 아프게 된다. 그래서 원술은 예전에 약속하고 이행하지 않았던 군량을 보내 여포의 비위를 맞추기로 했다.

"원술이 이전에 약속한 군량 5만석을 보내 왔구나."*

여포는 크게 기뻐했으나, 진궁은 고개를 갸우뚱거렸다.

"원술이 아무런 대가없이 그런 일을 할 리가 없습니다."

아니나 다를까, 며칠 뒤 소패의 유비로부터 화급함을 알리는 연락이 왔다. 원술의 부장 기령이 수만의 병사를 이끌고 쳐들어왔으니 도와 달라는 내용이었다.

"과연 자네 말이 맞다. 원술이 나에게 군량을 보낸 것은 유비를 도와줄 수 없도록 재주를 부린 것이었구나."

"물론 그렇습니다. 유비가 소패성에 있어도 장군님에게 해가 되는 일은 없겠으나 반대로 유비가 원술에게 멸망을 당해 버린다면 우리도 편안하지 못합니다."

"그렇다. 이번에는 유비를 도와주기로 하자."

5만석이냐 20만석이냐

「영웅기」에 의하면 여포는 원술에게서 뒷거래로 곡식 20만석을 받고 유비를 쳤다고 되어 있다. 이후 원술이 서주 땅을 욕심내자 여포는 유비를 돕기로 했으나 이는 어디까지나 원술과의 교섭에서 더 많은 것을 얻어 내기 위한 것이었다.

여포는 병력을 동원하여 소패로 향했다.

그 무렵, 기령은 대군을 이끌고 소패성에 육박하여 진을 치고 있었다. 유비도 5천의 병사와 함께 성 밖으로 나와 진을 쳤다.

때마침 소패성 교외에 도착한 여포는 양쪽 영채에서 조금 떨어진 곳에 진을 치고 기령과 유비에게 각각 사자를 보내 초대했다.

"형님, 가서는 안 됩니다. 여포는 믿을 수가 없습니다."

"그렇고 말구요. 거절하십시오."

관우와 장비가 열심히 말렸지만 유비는,

"나는 여포에게 나쁜 짓을 전혀 하지 않았다. 여포도 그 정도의 양심은 있을 것이니 너무 걱정할 것 없다."

하고 웃으며 여포의 진영으로 갔다. 유비가 가는 이상 관우와 장비도 호위역으로 뒤를 따랐다.

"잘 오셨소. 자아, 이쪽으로 앉으시오."

여포는 기분이 좋은 듯 장비는 거들떠보지도 않고 유비와 관우를 반갑게 맞았다. 연회석에 안내되어 유비가 자리에 앉자 관우와 장비가 그 뒤쪽에 시립하고 섰다.

"여포가 무슨 생각을 하고 있는 지 알 수가 없으니까, 장비, 조금도 방심하지 말라. 그리고 어떤 경우라도 술을 마셔서는 절대 안 된다."

"알았소이다."

하고 장비는 여포를 째려보며 퉁명스럽게 대꾸했다.

얼마 뒤에, 기령이 안내되어 왔다. 깜짝 놀란 유비가,

"여장군님, 대체 어찌된 일입니까?"

하고 자리에서 벌떡 일어났다. 더 놀란 것은 기령이었다. 유비를 본 순간 얼굴색이 확 바뀌더니 급히 나가려고 했다. 여포가 말렸다.

"자아, 두 분 모두 자리에 앉으시오."

여포는 기령을 왼쪽에, 유비를 오른쪽에 앉히고 자신은 한가운데에 앉았다. 유비와 기령은 서로 다른 쪽을 보고 앉아 있었다. 여포는 아랑곳하지 않고 두 사람에게 술을 한 잔씩 권하더니 의외의 말을 했다.

"나는 태어나면서부터 싸움하는 것을 별로 즐기지 않소. 어떻소, 귀공들. 내 얼굴을 봐서라도 싸움을 그만두지 않겠소?"

유비는 잠자코 있었으나 기령이 분연히 여포에게 대들었다.

"나는 우리 주공 원술님의 명을 받고 소패성을 치러 왔소. 싸움을 그만두는 일은 내가 함부로 정할 일이 아니오!"

그러자 장비가 더 이상 참을 수 없다는 듯이 '버럭' 소리치며 칼을 뽑았다.

"야, 기령. 잘 들어라! 우리가 수는 적지만 네깐 놈들은 하나도 두렵지 않다. 내가 상대해 주마!"

"좀 가만 있으시오. 나는 당신네들이 싸움을 하도록 내버려 두지 않겠소. 여봐라, 내 방천화극을 가져오너라!"

여포는 눈을 번뜩이며 부하에게 자기의 무기를 가져오게 하더니

그것을 멀리 떨어진 진문 앞에 꽂아 놓게 했다.

"여기서 저 문까지는 150보쯤 되오. 지금 나는 방천화극을 활로 쏘겠소. 만일 한 개의 화살로 화극의 가지칼을 맞히면 귀공들은 싸움을 그만두시오. 맞히지 못하면 각자 진으로 돌아가 싸움을 해도 좋소. 그것이 싫다면 내 공격을 받을 각오를 하시오."

어떻게 하겠느냐는 듯이 여포는 유비와 기령을 번갈아 바라보았다. 유비는 물론 싫다고 할 까닭이 없고 기령도 맞힐 가능성이 없다고 생각했기 때문에 응낙했다. 여포는 활을 집어 화살을 시위에 메기고 힘껏 잡아 당겼다.

'제발 명중하도록…….'

유비가 마음속으로 빌고 있으려니까 여포가,

"앗!"

하고 한마디 날카롭게 부르짖고는 시위를 놓았다. 그러자 화살은 쏜살같이 날아가 보기 좋게 방천화극의 가지칼에 명중했다.[*] 주위에서 와아! 하고 감탄하는 소리가 터져 나왔다.

여포는 껄껄 웃으며 활을 내려놓더니,

"이것은 귀공들에게는 싸움을 그만두라고 하는 하늘의 뜻이오."

하고 기령에게 원술에게 보내는 편지를 주어 돌려보내고 유비에

원문사극(轅門射戟)
여포가 꾀를 내어 유비를 구하려 영채 입구에 자신의 무기인 방천화극을 세워 두고 극의 끝을 화살로 쏘아 맞춘 일. 원래 원문(轅門)은 고대 제왕이 지방을 순시할 때 세운 출입문인데 후에 군사들이 세운 영채 문을 뜻하게 되었다.

게는,

"내 덕분에 위험한 지경을 벗어났으니 이 일을 잊지 마시오."

하고 생색을 냈다.

유비는 사의를 표하고 관우, 장비와 함께 소패성으로 돌아갔다.

한편, 원술*은 돌아온 기령에게서 사정 이야기를 듣자,

"여포 녀석, 나한테 군량을 5만석이나 받아 먹고 어린애 같은 속임수로 유비 편을 들다니, 괘씸하다!"

고 불같이 노했다.

"이렇게 되면 내가 직접 병력을 이끌고 유비를 공격하겠다. 그 다음에 여포도 혼을 내주겠다."

"안 됩니다. 잘 생각해 보십시오."

기령은 필사적으로 말렸다. 여포에게 속아서 돌아온 자신의 치부가 드러날까 걱정되었기 때문이다.

"여포와 유비가 손을 잡고 있는 동안에는 공격하기가 어렵습니다. 두 사람 사이를 갈라놓는 것이 우선 필요합니다. 여포에게는 적령기의 딸이 있다고 들었는데 주공의 아드님과 혼담을 성사시키는 것이 좋겠다고 생각합니다. 여포가 주공의 친척이 된다면, 유비를 그냥 내버려 둘 리가 없으니까요."

"음, 그것 괜찮은 계책이구나."

원술은 그제서야 노여움이 약간 누그러졌다. 그는 즉시 사자를

보내 여포에게 혼담을 청했다.

여포에게는 아내와 첩인 초선이 있었다. 자녀는 아내와의 사이에 낳은 외동딸이 하나 있는데, 여포는 그 딸을 무척이나 귀여워하고 있었다.

수춘을 본거지로 하여 회남(淮南 = 황하와 장강 사이에 위치하는 회수 남안 지역) 일대에 비옥한 영지를 가지고 있으며, 거느린 병력도 막강한 원술과 사돈 관계가 된다면 남쪽을 염려하지 않아도 된다.

그렇게 되면 여포 자신의 처지도 한결 좋아질 테고 딸의 행복도 확실히 보장된다. 4세 3공의 전국 제일 명문가의 며느리가 되는 일이니 자랑스럽지 않을 리가 없는 것이다. 아내에게 이런 점들을 설명하니까 대찬성이어서 여포는 마음이 흡족했다.

진궁과도 의논해 보았다.

"상대가 괜찮으니까 여러모로 좋은 일 아닙니까?"

진궁은 묘한 웃음을 흘리며 고개를 끄덕였다.

"물론 원술의 속셈이 뻔히 보입니다. 장군님께 유비를 죽이게 만들려는 계책입니다. 얼마 안 있어 분명히 그렇게 요구해 올 것입니다."

낭심구행(狼心狗行)

'이리의 심뽀에 개같은 행동' 이니 한마디로 형편없는 생각과 한심한 행위를 이르는 말이다. 원래 공손찬이 원소를 일러 한 말인데 원술에 대해서도 이런 지적을 할 수 있을 것이다.

"하지만 그대는 유비가 멸망하면, 서주가 안전하지 못하다고 말했잖은가?"

"그렇지요. 원술과 손을 잡으면 유비는 방해가 될 뿐입니다. 이후에는 죽여 버리셔도 상관없지요. 그리고 원술의 힘을 이용해 상대를 모두 물리치는 것입니다. 그 뒤에 천천히 원술을 제거하면 될 것입니다."

"과연. 나의 빛나는 장래가 눈에 보이는 것 같구나."

크게 기뻐한 여포는 혼담을 승낙하고, 혼례 준비를 갖추어 사자와 함께 딸을 원술에게 보내려고 했다.

이 사실을 알게 된 진등의 부친 진규(陳珪)는 깜짝 놀랐다. 진규와 진등은 본래 도겸의 가신이었으나 도겸이 죽은 뒤, 유비를 섬기고 여포가 서주를 빼앗고 나서부터는 하는 수 없이 여포 밑에 있었다.

하지만 유비에게 호의를 품고 유비에게 도움이 되도록 마음을 쓰고 있었다. 부자가 같은 생각이었다.

'안 되겠다. 여포와 원술이 손을 잡게 되면 유비님이 위험해진다.'

진규는 즉시 여포를 찾아가 대뜸,

"오늘 장군님의 임종이 임박했다는 얘기를 듣고 문상을 하러 왔습니다."

하고 슬픈 표정을 지었다.

"뭐라고? 그대는 지금 무슨 바보 같은 소리를 하는 거야?"

여포는 어처구니 없다는 표정으로 진규를 노려보았다.

"바보 같은 소리가 아닙니다. 원술과 사돈 관계를 맺으실 모양인데, 이것은 따님을 인질로 잡아 장군님을 꼼짝하지 못하게 한 연후에 소패의 유비를 멸망시키려고 하는 원술의 흉계가 분명합니다."

"그런 정도는 나도 다 알고 있다. 원술의 힘을 빌어 천하를 손에 넣으라고 진궁이 말했다. 유비 따위는 방해가 될 뿐이다."

"진궁이 무슨 말을 했는지는 모르겠습니다만, 한심한 계략입니다. 원술과 사돈지간이 되면 누구누구를 토벌하라고 명령할 것입니다. 거절하고 싶어도 따님이 인질로 잡혀 있는 이상, 거절을 할 수가 없을 테고, 결국에는 원술에게 이용만 당할 뿐입니다."

진규는 조목조목 예를 들어가며 설명했다.

"더군다나 원술은 옥새를 손에 넣고 엉뚱하게도 천자가 되려고 한다는 소문입니다. 만일 그렇게 된다면, 이것은 역적질입니다. 천하의 군웅들이 가만히 있지 않을 것입니다. 천하를 손에 넣기는커녕 장군님은 역적의 공모자로 토벌당할 것이 분명합니다. 그래도 괜찮겠습니까?"

"거기까지는 미처 생각해 보지 못했다. 역적질만큼은 나도 싫다."

진규의 설득에 여포는 마음을 바꾸었다. 원래부터 자기 나름의 철학이라든가 원칙이나 소신이 없는 여포이고 보니 마음을 바꾸는데 하등 주저하는 바가 없었다.

결국 혼담은 흐지부지 되었다. 원술에게는 딸의 건강이 좋지 않아 당분간 혼인을 연기하고 싶다고 전했다.

'휴우, 이것으로 유비님의 위기는 사라졌구나.'

진규는 안도의 숨을 내쉬었다.

그런데 그로부터 며칠 뒤, 유비에게 또 다른 위기가 닥쳐왔다.

2

여포는 부장 송헌과 위속을 파견하여 좋은 말을 구해 오도록 했다. 그 두 사람이 돌아와 의외의 보고를 했다.

사들인 300마리 가량의 말을 끌고 소패성 근처까지 왔을 때 복면한 산적의 습격을 받아 그 절반을 빼앗겼다는 것이다.

"산적의 두목은 굉장히 힘이 세서 우리들을 어린애처럼 다루었습니다. 우리는 전혀 상대가 되지 않았습니다. 나중에 알아보니 힘이 센 것은 당연했습니다. 바로 장비가 복면을 쓰고 있었던 것입니다."

"뭐, 장비라고? 확실한가?"

"네, 틀림없습니다."

송헌과 위속은 번갈아 고개를 끄덕였다.

"이놈, 장비야! 이번에야말로 절대로 용서하지 않겠다!"

여포는 머리칼을 곤두세우고 이빨을 부드득 갈았다. 그리고는 즉각 병력을 이끌고 소패성으로 쳐들어갔다.

"여포가 쳐들어왔다고? 무슨 일이냐?"

유비는 깜짝 놀랐으나 아무튼 가만히 기다릴 수만은 없는 일이라 약간의 병사를 이끌고 성문을 열고 나가 예의를 갖추어 여포를 맞이했다.

"여장군님, 어찌 이렇게 오셨습니까?"

유비가 물어보자 여포는 씩씩거리며 고함을 쳤다.

"유비야! 내가 진문에서 화극을 쏘아 맞춰 도와준 은혜를 벌써 잊었느냐!"

"당치도 않습니다. 장군님의 은혜를 이 유비가 어찌 잊을 수 있겠습니까?"

"그렇다면 어째서 내 말들을 훔쳤느냐?"

"아니, 그게 무슨 말씀이십니까? 그런 일은 전혀 없습니다."

"저런, 시침을 뗄 셈이냐? 그렇다면 장비에게 물어봐라."

그 순간, 유비 뒤에 서 있던 장비가 앞으로 나왔다.

"그래, 말을 빼앗은 것은 이 장비다. 그래서 어쨌다는 거냐?"

"이 쌍것이 도둑질을 해 놓고 말이 많아!"

여포가 방천화극을 비켜 들고 장비에게 덤벼들자,

"자아, 덤벼라! 개뻑다구 같은 놈아!"

하고 소리치며 장비 역시 장팔사모를 겨누고 이번만큼은 반드시 여포를 죽이겠다는 듯이 맹렬하게 공격했다.

말을 타고 서로 맹렬히 무기를 휘둘러 100여 합을 싸웠으나 승부가 나지 않았다.

그러는 사이에 여포의 병력이 주위를 조금씩 에워싸기 시작했기 때문에 유비는 징을 울려 병사들을 후퇴시켰다.

"또 말썽을 일으켰구나."

유비는 퇴각해 온 장비를 엄하게 꾸짖었다.

"말들을 돌려주고 여포에게 잘못을 빌도록 하자."

유비는 부하를 여포 진영에 보내 정중하게 사과하고 말들을 돌려줄 테니 병사들을 물려 주도록 부탁했다.

"말을 돌려준다면 그것으로 좋다."

여포는 포위망을 풀려고 했다. 그러나 진궁이,

"아니, 바로 지금입니다. 지금 유비를 죽이지 않으면 나중에 큰 곤란을 당하게 될 것입니다."

하고 만류하자, 마음을 고쳐먹고 전 군을 동원하여 일제히 공격을 가했다.

소패성은 여포의 병력에게 완전히 포위당했다. 나가서 싸워 봤자 병사만 죽일 뿐 승산이 없고 농성하자니 며칠 후면 식량도 바닥날 정도이니 무모한 일이었다.

"이제는 어쩔 도리가 없습니다. 성을 버리고 허도로 피신하여 조조에게 의지할 수밖에요."

하고 손건이 권했다.

"조조가 받아들여 줄까?"

"조조는 여포를 미워하고 있으니까 틀림없이 받아들여 줄 것입니다."

유비는 손건의 권유에 따라 장비를 선봉으로 삼아 여포의 포위망을 뚫어, 계속 추격해 오는 여포군을 관우가 저지하고 있는 동안에 허도를 향해 탈출했다.

여포는 유비가 도망간 것을 알자, 부장 고순에게 소패성의 수비를 맡기고 하비성으로 돌아갔다.

여포에게 쫓긴 유비 일행은 나중에 따라 붙은 관우와 함께 이윽고 허도에 도착했다.

'과연 조조가 우리를 어떻게 대해줄까?'

유비는 걱정이 되었다. 조조가 자신을 어떻게 보고 있는지 알 수가 없기 때문이었다.

그러나 조조는 예상 밖으로,

"유현덕은 내 아우와 같다."

하고 도량을 과시하듯 유비를 친절히 맞아들였다. 그리고 주연을 베풀어 지금까지의 노고를 위로했다.

주연이 끝나고 유비가 숙소로 돌아가자 조조의 계책을 세우는 참모 정욱이 조조에게 속삭였다.

"유비는 분명히 인간적인 매력이 있는 걸물입니다. 지금 처치해 버리는 것이 장래를 위해 좋습니다."

처치한다는 것은 죽인다는 말이다. 조조가 잠자코 있었기 때문에 정욱은 물러갔다. 교대라도 하듯이 곽가가 들어왔다.

"정욱은 유비를 죽이라고 하는데 그대는 어떻게 생각하는가?"

조조는 곽가에게 물었다.

"지금은 안 됩니다."

하고 곽가는 고개를 좌우로 흔들었다.

"유비의 이름은 이제 어느 정도 세상 사람들에게 알려져 있습니다. 그런 유비가 의지하러 찾아왔는데 죽인다면, 장군의 인망은 땅에 떨어질 것입니다. 그리고 앞으로는 아무도 찾아오지 않게 될 것입니다. 한 사람을 죽여 세상의 인심을 잃어서야 되겠습니까? 다만 앞으로 허도에 묶어두고 유비의 일거수일투족을 면밀히 감시해야겠지요."

"음, 나도 그렇게 생각한다."

조조는 곽가의 의견을 받아들여 유비를 명예직이지만 예주목으로 추천했다. 그리고 허도에 저택을 마련해 주었다.

이때 장수(張繡)라는 자가 남양의 완성에 병력을 집결시켜 허도를 노리고 있다는 정보가 들어왔다.

장수는 동탁의 4인조 부하 중 한 사람이었던 장제의 조카인데, 빗나간 화살에 맞아 죽은 장제의 뒤를 이어 장씨 군벌을 이끌고 있었다.

"내버려 둘 수야 없지."

조조가 10만 병력을 일으켜 장수를 토벌하러 갔다. 장수는 조조의 대군이 밀려오자 참모 가후의 충고를 받아 조조에게 항복했다. 항복은 받은 조조군은 방심하다가 장수에게 야습을 당했다.

"전위는 어디 있느냐?"

다급해진 조조가 외쳐댔다.

원래 전위는 조조에게 두터운 신임을 받아 항상 조조 옆에 있으며 호위를 맡고 있었으나, 그날만큼은 장수에게 술대접을 받고 취해서 쓰러져 자고 있었다. 그 틈에 장수의 부하가 무기인 철극을 몰래 숨겼다. 그리고 나서 장수가 야습을 가해 왔던 것이다.

황급히 일어난 전위는 조조의 숙소가 있는 영채로 달려가 진문을 가로막고 몰려드는 20명 가량의 장수군을 쓰러뜨렸다. 그러나 휘두르던 칼날이 너덜너덜해졌기 때문에 칼을 버리고 맨손으로 싸우다가 끝내 창에 찔려 온몸이 피투성이가 되어 죽었다.

장수의 병사들은 전위가 얼마나 두려웠는지 시체가 되어 쓰러져 있는데도 한참 동안을 진문으로 들어가지 못했다고 한다.

조조는 그때 뒷문으로 빠져나가 겨우 도망칠 수 있었다. 그러나 장수군의 맹렬한 추격을 받아 잡히기 직전 큰 아들 조앙이 달려와 조조를 피신시키고 대신 전사했다. 한숨을 돌리고 허도로 돌아온 조조는 한동안 의기소침해 있었다.

얼마쯤 지났을 무렵 여포의 사자가 허도로 찾아왔다. 사자는 진등이었는데 얼마 전에 조조가 상주하여 여포에게 평동장군의 직책을 내려준 것에 대하여 사례를 하러 올라온 것이었다.

"그대들 부자는 본래 도겸의 가신이었잖은가? 뭣 때문에 여포와 같은 인간 말종을 주공으로 섬기고 있는가?"

조조는 진등을 만나자 이렇게 꾸짖었다.

"진심으로 섬기고 있는 것은 아닙니다. 여포가 우격다짐으로 서주를 점령했기 때문에 하는 수 없이 그 아래에 있을 뿐입니다."

하고 진등이 대답했다.

"나는 가까운 장래에 여포를 잡아 죽이려고 한다. 그런 쌍놈은 마땅히 천벌을 받아야 하니까 말이다. 그런데 여포에 대해서 잘 알고 있는 것은 그대들 부자다. 나에게 힘이 되어 주지 않겠느냐?"

"물론입니다. 여포는 들개 같아서 어제까지의 동지를 다음 날 아침에 태연히 배신하는 쌍것입니다. 빠른 시일 안에 처치해 버리는 것이 좋을 것입니다."

"그래. 그때 나를 도와주기를 부탁한다."

"알았습니다."

진등이 물러가자 조조는 여포 진영에 자기편을 심어 두게 되었다며 좋아했다.

한편 조조는 유비에게 약간의 병력을 주어 서주 경계에 있는 성채를 방비하게 했다. 이는 여포를 견제하려는 의도였다. 다만 여포에게는 유비가 궁색하여 성채 하나 내준 것이지 여포를 공격하진 않을 것이라고 안심시켜 두었다.

이 무렵, 원술은 손책으로부터 맡아 가지고 있던 진시황의 전국옥새를 자기 것이라고 주장하며 스스로 황제에 올랐다. 수춘을 도읍으로 하고 새 연호를 정하고 궁전과 관청의 건물을 짓고 아내를 황후로, 아들을 황태자로 삼았다. 그리고 혼인이 연기된 채로 있는 여포의 딸을 황태자비로 삼으려 사자를 보냈다.

그러나 여포는 얼마 전에 진규가 한 말이 머리에 맴돌아서,

"역적에게 내 딸을 줄 수는 없다."

고 거절하고 아예 사자를 베어 버렸다.

원술은 이 사실을 보고 받자,

"이놈, 여포야. 짐의 뜻을 거스를 생각이냐?"

하고 화를 내며 20만 대군을 일으켜 여포의 하비성 공격에 나섰다.

원술의 대군은 일곱 방면으로 나뉘어 하비성으로 진격했는데 도중에 초토작전을 쓴다며 인근 지역 백성들의 식량을 모조리 약탈했다. 여포는 크게 놀라 부장들을 모아 상의했다.

"이번의 위기는 모두 진규 부자가 초래한 것이 틀림없습니다."

진궁이 강경하게 주장했다.

"진규가 장군님과 원술의 혼담을 취소하게 했기 때문에 원술이 화가 난 것입니다. 진등도 아비와 공모를 한 것이 틀림없습니다. 두 사

람의 목을 베어 원술에게 보낸다면 병력을 철수시킬 것이 틀림없습니다."

"그러고 보니 그런 것도 같다."

줏대 없는 여포는 당장 진궁의 말에 쏠려서,

"진등 부자를 모두 잡아들여라!"

하고 황급히 명령을 내렸다.

이 소리를 듣자 진등은 여포에게 급히 갔다.

"우리 부자의 목이 필요하다면 언제든지 드리겠습니다. 하지만 그것으로 원술이 병력을 거둘 거라고 생각하십니까? 원술에게 필요한 것은 서주 땅입니다. 그래서 우리의 목을 벤 연후에도 계속 쳐들어올 것입니다."

"그렇다면, 그대에게 원술을 물리칠 계책이라도 있단 말이냐?"

"물론 있습니다."

"말해 보거라. 잘만 처리된다면 너희 부자들의 죄를 용서해 주겠다."

"그렇다면 말씀드리겠습니다. 원술의 일곱 방면 병력 가운데 제6군과 제7군을 이끌고 있는 것은 한섬과 양봉입니다. 이 두 사람은 일찍이 황제가 장안을 떠나 낙양으로 돌아갈 때 어가(황제가 타는 수레)를 보호하는 등의 큰 힘을 썼으나 대접이 소홀하자 조조에게 거역하고 원술에게 붙은 자들입니다. 하지만 원술에게 중용되지 못해 다시 조정에 돌아가기를 원하고 있다고 들었습니다."

"그것이 어쨌단 말이냐?"

"그러니까 그 두 사람에게 조정에 돌아갈 수 있도록 다리를 놓아 주겠다고 약속하여 원술을 배신하게 만드는 것입니다. 또 소패성에서 멀지 않은 곳에 있는 유현덕에게 사람을 보내 부탁하면 출동하여 원술을 무찌르게 될 것입니다."

"좋다. 한섬과 양봉을 설득하는 일은 그대에게 맡기겠다. 그리고 유비에게는 내 편지를 들려 사자를 보내도록 하겠다."

하고 여포는 다시 마음을 바꿔 명령을 내렸다.

진등은 그날로 한섬의 병력이 진격해 오는 길로 달려가 한섬을 만나 이해득실을 따져가며 설득했다.

"여포님이 조정에 중재해 준다면 그보다 더 기쁜 일은 없을 거요. 알았습니다. 양 장군은 내가 얘기를 하겠소. 불길이 오르는 것을 신호로 알고 공격해 주시오."

한섬은 서슴없이 원술을 배신하겠다고 약속했다. 진등이 생각한 그대로였다.

이윽고 원술의 본대가 하비성 밖에 쇄도했다.* 여포는 병력을 이끌고 성문을 나가 대치했다. 양쪽 군대가 돌격 태세를 갖춘 순간, 원술군의 후방에서 불길이 솟구쳐 올랐다. 한섬과 양봉이 약속한 대

용봉일월 깃발과 사두오방의 기치
원술은 하비성으로 쇄도할 때 마치 천자가 된 것처럼 용봉일월(龍鳳日月) 깃발과 사두오방(四斗五方)의 기치를 펄럭였고, 천자가 쓰는 금깍지 손톱과 은으로 된 토끼를 쓰고 황색비단 일색에 황금갑옷을 입고 있었다.

로 불을 지른 것이다.

"신호다! 돌격!"

여포의 병력이 일제히 쳐들어갔다. 그러자 원술군은 후방의 불길에 당황했던 터라 대혼란에 빠져 싸울 틈도 없이 도망치기 바빴다.

원술이 필사적으로 병력을 수습하여 이십여 리쯤 후퇴한 곳에서 일단 진정할 수 있었다.

그때 일군의 병력이 다시 공격해 들어왔다. 여포를 돕기 위해 유비가 보낸 관우의 군사였다.

"황제를 참칭하는 역적 원술, 네 목숨은 내 것이다!"

관우는 청룡언월도를 휘두르며 가로막는 원술군을 차례차례 베어 버리고 순식간에 원술 바로 옆까지 육박해 왔다.

"폐하, 빨리 몸을 피하십시오!"

측근 신하들이 방패가 되어 관우의 맹공을 지연시키고 있는 사이에 원술은 '걸음아 날 살려라' 하고 말에 채찍질을 가해 가까스로 그 자리에서 도망쳐 나왔다.

간신히 수춘으로 돌아와 보니 다른 부대들도 여포의 맹공격을 받아 대패하고 차례차례로 패주해 왔다. 열에 일곱은 죽거나 도망치거나 하여 괴멸상태나 마찬가지였다.

아무튼 서주 일대는 피비린내가 끊이지 않는 곳이 되었다.

그것은 원술의 허황된 야심과 배신자로 낙인이 찍힌 여포의 양다리 걸치기, 도겸으로부터 이 지역을 물려받은 유비의 줏대 없는 행동이 초래한 것이었지만 천하를 평정하려는 조조의 원대한 계획이 이곳에서 세 인물을 둘러싸고 빈번하게 충돌하고 있기 때문이기도 했다.

3

그 무렵, 허도에 있는 조조는 실질적으로 국가 최고 지도자로서 업무를 수행하고 있었다.

'천하를 어떻게 다스려야 할 것인가?'

원술은 회남 땅에서 황제를 자칭하고, 하북 4개의 주를 장악한 원소는 병력을 기르며 호랑이가 먹이를 노리듯이 허도의 형세를 엿보고 있다.

여포와 유비는 지금은 자신을 따르고 있으나 언제 배반할지 알 수가 없다. 강동에서는 젊은 손책이 눈부신 속도로 힘을 키워가고 있다. 형주의 유표 역시 두리번거리고 있다.

방심하고 있다가는 이런 세력이 허도로 쳐들어와 조조의 지위를 빼앗을 것이 분명했다. 그렇게 되기 전에 제거해야 할 세력은 제거하고 우호를 맺어야 할 세력과는 우호를 맺어야 했다.

조조는 우선 황제를 참칭하는 원술부터 제거하기로 결심했다. 그것은 허도 정권으로서 당연한 과제이기도 했다. 허도 정권의 존립기

반은 어디까지나 황제를 옹립하는 것이기 때문이다. 그런데 다른 황
제를 인정할 수 없지 않은가.

건안 2년(197년) 가을, 조조는 손책과 유비와 여포에게 각각
사자를 보내 원술 토벌전에 가담할 것을 요구하고, 여포에게는 좌장
군*의 직책이 내려졌다.

그리고 조조는 직접 10만 대군을 일으켜 1천대 가량의 수레에
군량을 싣고 원술 토벌길에 나섰다.

원술은 기절초풍했다. 손책이 군선(軍船)을 동원하여 동쪽에서,
여포가 군사를 이끌고 서쪽에서, 유비가 관우와 장비를 거느리고 남
쪽에서, 그리고 조조가 10만의 대군을 거느리고 북쪽해서 공격해
온다는 보고에 놀라지 않을 수 없었다.

형편에서는 싸워 이길 방도가 없었던 것이다. 원술은 4명의 대장
에게 10만의 병력을 주어 수춘성을 지키도록 하고, 자신은 금은보
화를 챙겨 회수를 건너 멀찌감치 도망가서 숨었다.

이윽고 조조의 대군이 수춘성 가까이 다가왔다.

"단숨에 짓밟아 버려라!"

조조는 군사를 독려하면서 맹렬히 공격을 가했으나, 원술의 부하
장수 4명은 겁을 먹고 성문을 굳게 잠근 채 수비만 할 뿐 싸우려 하
지 않았다. 성을 포위한 채 1개월이 지나고 있었다.

그러던 어느 날, 식량 관리관이 조조 앞에 나와 호소했다.

"군량이 이미 바닥을 드러내고 있습니다. 어떻게 하면 좋겠습니까?"

아무튼 10만이 넘는 대군이 하루에 소비하는 군량은 엄청난 양이었다. 1천대 가량의 수레에 가득 싣고 온 군량이라 하더라도 1개월쯤 지나면 바닥을 드러내는 것은 당연했다. 더군다나 수춘성 주변은 원술의 무자비한 징발에 가뭄까지 겹쳐 군량을 어디에서도 구할 수가 없었다.

"일단 군량을 작은 되로 퍼서 예전의 수효대로 나누어 주도록 해라."

조조는 잠시 궁리 끝에 명령했다. 그러자 식량 관리관이 문제점을 지적했다.

"현재도 군량을 충분히 나누어 주지 못하고 있는데, 그렇게 양을 줄이면 병사들 사이에 불만의 소리가 터져 나올 것입니다."

"그때는 대책이 있다. 그러니까 내가 명한 대로 시행해라."

식량 관리관은 조조가 시키는 대로 했다.

그러자 아니나 다를까,

"조장군께서 어떻게 우리 병사들에게 군량을 속이는 지독한 짓을 하는가?"

좌장군(左將軍)

장군은 '군을 이끈다'는 말로 후한 말과 삼국시대 때 고급 관료는 모두 장군에 취임했다. 좌장군이란 사방장군(四方將軍)인 전(前) · 후(後) · 좌(左) · 우(右)의 장군 하나로 상당한 고위직이었다. 이 원술 공략전에서 여포는 좌장군이 된다.

"주린 배로 싸움을 하란 말인가?"

"이건 보통 일이 아니다. 자기편을 속이는 짓이다."

병사들 사이에서는 조조에 대한 원망과 불만의 소리가 터져 나왔다.

조조는 은밀히 식량 관리관을 불렀다.

"병사들의 불만을 달래기 위해 그대에게 빌리고 싶은 것이 있다."*

"그게 무엇입니까?"

"그대의 목이다."

"무, 무슨 말씀을 하시는 것입니까? 저는 죄를 지은 일이 없습니다."

"그것은 나도 알고 있다. 그러나 그대의 목이 없으면 병사들을 달랠 수가 없다. 그대의 남은 가족의 뒷바라지는 반드시 책임질 테니 안심하고 눈을 감아도 좋다."

조조가 눈짓을 하자 형리는 식량 관리관을 그 자리에서 끌고 나갔다.

잠시 후 식량 관리관의 목이 장대 끝에 매달려 진문 앞에 세워졌다. 옆에 세워진 팻말에는 '이자는 작은 되를 써서 군량을 횡령하려고 했다. 그래서 처형했다'고 쓰여 있었다.

이것을 보고 병사들은,

"그랬구나. 저 녀석이 그런 짓을 했단 말이지."

"조장군께서 그런 몰인정한 일을 할 리가 없다고 생각했다니까."

하고 불평이나 불만이 거짓말처럼 사라졌다.

병사들의 기분이 달라진 것을 알아차린 조조는 다음 날, 전군의

대장들과 병사들을 향해,

"3일 이내에 이 성을 함락시켜라"

하고 엄중하게 명령을 내렸다.

그리고는 조조 자신이 앞장 서서 성 위에서 쏘아대는 화살비를 맞으며 해자(성을 둘러싸고 있는 연못)를 메우기 위해 흙과 돌을 날랐다.

이에 힘을 얻은 모든 병사들은 마음을 하나로 합쳐 공격을 가하고, 겹겹이 쌓인 아군의 시체를 타고 넘어 성벽에 달라붙었다.

이런 맹공으로 마침내 수춘성은 함락되었다. 4명의 대장은 조조 앞에 끌려와 처형당했고, 원술이 조정을 흉내내 세운 궁전과 관청 건물은 모조리 불태워졌다.

조조는 계속해 회수를 건너 원술을 추격하려고 했으나 이때 다급한 소식이 날아들었다.

얼마 전에 쳐부셨던 장수가 형주의 유표와 손을 잡고 기세를 회복했다는 것이었다. 내버려 두면 허도로 쳐들어 올 우려가 있었다.

할 수 없이 조조는 병력을 철수시키기로 했다. 손책에게 편지를 보내 유표를 견제하도록 명한 후 여포에게는 군량 등을 지원해 주겠다고 약속했다.

차여일물(借汝一物)
조조가 '너의 물건 하나를 빌려 군사들의 마음을 안정시켜야겠으니 너무 아까워 하지 말라.'고 식량담당관에게 한 말.

그 이듬해 초여름, 조조는 장수를 토벌하기 위해 다시 대군을 이끌고 허도를 출발했다.

"이번에야말로 철저히 때려부수겠다!"

조조는 단단히 결심을 했다. 그 각오가 병사들에게도 이심전심으로 전해져서 전 군에 긴장된 공기가 팽배해졌다.

때마침 들판에는 보리농사가 잘 되어 노랗게 잘 익어 있었다.

하지만 농민들은 군사들이 온다는 소식에 겁을 먹고 멀리 도망쳤기 때문에 어느 누구　한 사람도 절대 보리를 거둬들이지 않고 있었다.

이 사실을 알게 된 조조는,

"누구든 간에 보리밭을 훼손시킨다면 목을 베겠다. 백성들에게는 피해주지 않겠다. 그러니 두려워 말고 보리베기에 전념하도록 알려라."

라고 포고를 내려 농민들을 안심시켰다.

그래서 조조군은 보리밭 근처를 지나갈 때에는 전원이 말에서 내려 손으로 보리이삭을 받쳐 들며 전진했다. 어느 누구 하나 보리밭을 훼손시키는 자가 없었다.

그런데 사고가 생겼다. 조조가 탄 말이 갑자기 보리밭 속에서 날아 오른 비둘기에 놀라 껑충거리다가 보리밭으로 뛰어 들어 마구 짓밟아 버린 것이다.

"멈춰 서라!"

조조는 전 군에게 정지를 명하고 나서, 군법을 담당하는 집법관을 불렀다.

"나는 보리를 밟고 말았다. 그러니 법에 따라 처벌하라."

"죄송합니다만 장군님을 벌하는 법은 없습니다."

하고 집법관은 공손히 대답했다.

"말도 안 되는 소리는 그만해라. 지도자가 자신이 정한 법을 자기 스스로 어긴다면 모두에게 나쁜 선례가 될 뿐이다."

조조는 대뜸 허리의 검집에서 칼을 뽑아 자신의 목을 치려고 했다.

"왜 이러십니까!"

주위에 있던 부하들이 황급히 제지했다.

"춘추(春秋 = 중국의 고대 역사서)에도 법불가어존(法不可於尊)이라 했습니다. 법은 존귀한 분에게는 미치지 않는다고 되어 있으니 주공께서 자책하실 필요는 전혀 없습니다."

하고 곽가가 설명했다.

조조는 한참 동안 이런저런 궁리를 하고 있다가,

"그렇다면 이것을 가지고 내 목을 대신하겠다."

하더니 머리 위의 상투를 싹둑 잘랐다. 그리고는,

"이 상투를 전 군에게 돌리고, '조장군이 보리를 밟았다. 목을 베어 마땅하지만 상투를 잘라 목을 대신하는 바이다'라고 확실하게 알려라."

라고 명하니, 병사들은 끔직스럽고 몸이 오싹해져 군율을 지키지 않는 자가 없었다.

조조의 병력은 이윽고 남양에 도달하여 완성(宛城)을 에워쌌다. 장수는 성안에 틀어박혀 나오지 않았다.

조조는 며칠동안 계속하여 공격을 해보았지만 성과가 없자 병사들을 쉬게 하고는 이틀동안 계속 말을 달려 성 주위를 살펴보며 돌아다녔다.

사흘째에, 조조는 성의 서문 구석에 장작을 쌓아 올렸다. 그리고 그곳에서 성벽을 기어 올라가도록 부장에게 큰소리로 떠들 듯이 명령했다.

장수에게는 명참모인 가후가 있었다. 가후는 이틀 동안 조조의 움직임을 차분하게 관찰하고 있었다.

가후는 사흘쨋날 서문 쪽에 조조군이 장작을 쌓는 것을 보고 장수에게,

"조조의 속셈을 알았습니다."

하고 보고했다.

"어떤 것인가?"

"이 완성(宛城)의 동남쪽 모퉁이 성벽은 상당히 오랫동안 손상되었다가 고친 지 얼마 되지 않습니다. 조조는 성벽 색깔이 다른 곳을 약점이라고 생각하고 그곳으로 공격하려고 작정한 것입니다. 그래서 일부러 서문 쪽에 장작을 쌓고 그곳으로 쳐들어올 것처럼 위장하여 우리들을 서문으로 모아놓은 것입니다. 그리고 밤이 되면 동남

쪽을 공격하려는 '성동격서'[*] 계책인 것입니다."

"막을 방법은 있는가?"

"저에게 맡겨 주십시오. 반드시 조조를 생포해 드리겠습니다."

가후는 자신 있게 대답했다.

다음 날, 정찰병이 조조에게 달려와 보고했다.

"적은 성안의 병사들을 서쪽 모퉁이에 모아 놓고 동남쪽에는 약간의 병사만 배치해 놓았습니다."

"됐다. 내 의도대로 되었구나!"

조조는 득의의 미소를 지었다. 낮 동안에 서문쪽 모퉁이를 맹렬히 공격하더니, 밤이 되자 즉시 특별히 선발한 병사들을 데리고 동남쪽 모퉁이의 해자를 건너 성벽을 무너뜨리고 일제히 성안으로 우르르 뛰어 들어갔다.

그 순간 '쾅!' 하는 일성포 소리와 함께 장수의 복병이 '와아' 하고 사방에서 들고 일어나 조조군에게 덤벼들었다.

가후는 서문 쪽에 병사들처럼 꾸민 농민들을 모아 놓고, 정예 부대를 동남쪽 모퉁이에 매복시켜 놓았던 것이다.

"아차! 들켰구나!"

조조는 황급히 병사들을 후퇴시켰으나 장수군의 맹렬한 공격에 성 밖 수십 리 되는 곳까지 패주했다. 손해를 조사해 보니 3만 가량의 병사가 사상을 당했으며, 잃어버린 무기 같은 것은 이루 헤아릴 수 없을 정도였다.

조조가 다시 군사를 재정비하여 총공격을 가하려고 할 때, 허도의 순욱으로부터 사자가 달려왔다. 원소가 군사를 일으켜 허도로 남하할 태세를 보이고 있다는 것이었다.

"장수놈, 어디 두고 보자."

조조는 입술을 깨물고 병력을 돌려 허도로 돌아갔다.

성동격서(聲東擊西)
서쪽에서 요란하게 떠들고는 동쪽을 공격한다는 말로 속임수로 상대를 혼란시키고 허를 찌르는 병법의 대표적인 계략.

백문루에서 여포의 최후

1

허도에 도착하니 원소로부터 온 편지가 조조를 기다리고 있었다. 공손찬을 무찌르기 위해 군사와 군량을 빌리고 싶다는 내용이었다. 원소와 공손찬은 기주 문제로 다투다가 동탁의 중재로 화해한 적도 있었으나, 동탁이 죽은 후에 또다시 싸우고 있었다.

"원소 녀석, 내가 재빨리 허도로 돌아왔기 때문에 작전을 바꾼 것 같다. 할 수 있으면 이 기회에 원소를 치고 싶은데 그대들은 어떻게 생각하는가?"

조조는 곽가와 순욱에게 의견을 물었다.

"원소는 자만심이 강하고 오만하여 부하를 신뢰하지 않아 두려워할 필요는 없습니다만, 걱정이 되는 것은 서주의 여포입니다. 원소를 치기 위해 군사를 일으키면, 그 틈을 타 여포가 허도로 쳐들어올 것이 틀림없습니다."

하고 곽가가 말했다. 순욱도 고개를 끄덕이며,

"우선 여포를 쳐 없애고, 그 다음에 원소를 쳐야 합니다."

하고 먼저 여포 토벌을 권했다.

"좋다. 원소는 그 다음에 치자."

조조는 두 사람의 의견을 받아들였다. 원소의 요구대로 군량과 약간의 지원병을 보내고, 여포를 토벌할 준비를 시작했다.

그 무렵, 서주에서는 진규와 진등 부자가 갖은 아첨을 다하여 여포에게 신임을 받고 있었다. 물론 이것은 여포를 멸망시키기 위한 사전 준비였다.

"저 두 사람을 너무 신용하지 마십시오. 장군님께 환심을 사려고 하는데 분명 다른 속셈이 있는 것이 틀림없습니다."

진궁이 자주 간하였으나,

"왜, 너는 공연히 남을 의심하느냐?"

하고 오히려 여포에게 꾸지람까지 들었다.

결국 답답해진 진궁은 집 안에 틀어박혀 독서하며 소일하다가 어느 날, 기분 전환을 하기 위해 소패성 교외로 사냥을 나갔다. 그때 헐떡거리며 말을 달리는 자가 있었는데 진궁을 보더니 놀란 듯이 옆 길로 빠져 달아났다.

"수상한 놈이다. 잡아 오너라!"

진궁은 종자에게 명해 그자를 붙잡아 오게 했다. 몸을 뒤져 보니

품 안에서 한 통의 편지가 나왔다.

　　여포를 치라는 명령을 받고 준비를 하고 있습니다만 아무래도 병력이 적
어 경솔하게 움직일 수가 없습니다. 조장군님께서 병사를 이끌고 오시기만
을 손꼽아 기다리고 있겠습니다.

라고 씌여져 있는데 유비의 밀서였다.

깜짝 놀란 진궁은 이것을 가지고 하비성으로 달려가 여포에게 전
했다.

여포는 편지를 읽어 보더니,

"이놈, 조조와 유비, 잘도 나를 속여 왔구나. 건방진 놈들! 나를
칠 수 있다면 어디 한번 쳐 보아라."

하고 비장한 모습으로 투지를 불태웠다. 즉각 부하인 고순과 장
료에게 소패성 근처에 있는 유비의 성채를 견제하도록 하고, 자신은
조조군을 맞아 싸우기 위해 하비성의 방비를 강화했다.

여포의 명령을 받은 고순과 장료는 군사를 이끌고 신속하게 유비
의 성채로 달려가 멀찌감치 포위했다. 유비는 깜짝 놀랐다. 싸움은
아직 멀었다고 생각하고 있었던 것이다.

"아마도 내 답장을 가지고 허도로 가던 병사가 도중에서 그들에
게 붙잡힌 것 같다. 이렇게 된 이상 조조에게 급히 구원군을 부탁하
지 않으면 안 되겠구나."

유비는 서둘러 간옹을 허도로 보내고, 성채의 방비를 굳혔다.

마침내 고순이 공격을 시작했다. 유비는 성문을 걸어 잠그고 나오지 않았다. 관우와 장비는 성문을 지키며 만일의 사태에 대비했다. 그러자 이번에는 장료가 공격을 가해 왔다.

"이번에 온 것은 장료로 보입니다."

부하의 보고를 받은 관우가 성루로 달려가 말을 걸었다.

"귀공은 무용으로 이름이 높고 의리를 헤아릴 줄 아는 인물이라고 들었소. 그런데 여포와 같은 인간에게 이용을 당해 우리 유비 형님을 공격하다니 부끄러운 일 아니오?"

이 말을 듣자 장료는 얼굴을 붉혔다. 그리고는 병사를 이끌고 장비가 지키는 동문쪽으로 돌아가 버렸다.

관우는 동문으로 달려갔다. 그때 막 장비가 치고 나가려는데 장료가 물러선 참이었다.

"기다려라, 장비. 뒤를 쫓지 말아라."

하고 관우는 성문을 열려고 하는 장비를 제지했다.

"왜 그러시우? 왜 여포군을 추격해서는 안 된다는 거요?"

장비는 커다란 눈을 부라리며 관우에게 덤볐다.

"장료는 여포 밑에 있지만 훌륭한 인물일세. 조금 전에 내가 우리 유비 형님과 싸우려는 것이 잘못된 일이 아니냐고 말해 주었더니 부끄러워하면서 병사를 이끌고 물러갔네."

"그랬군요. 그래서 나에게 전력을 다해 덤벼들지 않았군요."

장비는 고개를 끄덕이고 성문을 닫았다. 그 다음부터는 일체 병력을 성문 밖으로 내보내지 않았다.

허도를 향해 간옹은 쉬지 않고 계속 달렸다. 이틀 반나절이 걸려 조조를 만난 간옹은 여포가 공격을 시작했다고 전했다.

"알았다. 지금이야말로 여포를 잡을 때다. 즉시 출동하라."

조조는 하후돈에게 3만의 병력을 주어 먼저 출발시키고 자신도 곧 대군을 이끌고 허도를 출발했다.

"하후돈을 선봉으로 삼아 3만 군사가 출발했고, 조조가 뒤를 이어 대군을 이끌고 쳐들어올 준비를 하고 있습니다."

척후병이 고순에게 알려 왔다. 고순은 즉시 포위를 풀고 소패성으로 후퇴하여 여포에게 파발마를 띄웠다.

여포는 원병을 보내면서 장료와 고순이 힘을 합쳐 하후돈의 3만 병력을 저지하도록 명하고, 자신도 뒤따라 대군을 이끌고 하비성을 나왔다.

유비는 여포군이 포위망을 풀고 서둘러 돌아가는 것을 보고, 조조군이 오고 있다는 것을 알았다. 유비는 관우, 장비와 함께 군사를 이끌고 성채를 나와 조조군에 가세하기 위해 각각 두 개의 영채를 세웠다.

한편 하후돈은 소패성에서 30리 가량 되는 곳에서 고순의 군사와 정면으로 부딪쳤다. 하후돈은 창을 바싹 당기고 말을 달리며 고순에게 싸움을 걸었다. 고순도 맞받아쳐 싸워 치열한 육박전이 되었으나 곧 견디어 내지 못하고 소패성으로 도망쳐 돌아갔다.

"비겁한 놈, 도망치느냐!"

하후돈이 쫓아가자 소패성 성루에서 고순과 장료의 부하들이 어지러이 화살을 쏘아댔다. 그때 한 개의 화살이 '푹' 하고 하후돈의 왼쪽 눈에 박혔다. 하후돈은 '앗!' 하고 소리치며 화살을 잡아 뽑았는데 눈알까지 함께 빠져 나왔다.

"내 눈알은 부모님의 정혈(精血)이니 내버릴 수가 없구나."*

하후돈은 커다란 입을 '쩍' 하고 벌려 눈알을 꿀꺽 삼켰다.

그리고는 일단 후퇴하라고 명령했다. 한참 기세를 올리고 있던 병력이 후퇴하려니 대오가 무너졌다.

그 기회를 놓치지 않고 고순과 장료가 소패성을 나와 돌격해 왔다. 대장이 부상을 입어 철수하던 하후돈의 군사들은 맹공격을 견디어 내지 못하고 몇십 리를 퇴각해 갔다.

고순과 장료는 하후돈을 무찌르고 나서 군사를 불러들였다. 때마침 도착한 여포의 대군과 함께 유비의 성채로 향했다. 유비의 성채는 여포군에게 순식간에 포위당해 큰 바다에 떠 있는 외딴 섬처럼

부정모혈 불가기(父精母血 不可其)
'부모의 정기와 피는 버릴 수가 없다.'는 뜻으로 하후돈이 여포의 부하인 고순과 장효와 싸우다가 눈에 화살을 맞고 부르짖은 말이다. 이때 하후돈은 화살을 쏜 조성을 죽이고 후퇴했다.

되었다.

"오늘이야말로 유비를 박살내리라!"

고순이 장료와 함께 성채 밖에 세워놓은 관우와 장비의 두 진지에 맹렬하게 공격을 가하고, 여포는 유비의 성채를 공격해 들어갔다.

관우와 장비는 필사적으로 싸웠다. 그러나 적은 수효의 병력으로 어쩔 수가 없었다. 두 사람이 한참을 싸우다 정신을 차려 주위를 둘러보니, 부하들은 온데간데없고 수십 기 밖에 없었으며 보이는 곳은 대부분이 여포군이었다.

성채에 있는 유비가 어떻게 되었는지도 알 수가 없었다. 두 사람은 최후의 힘을 쥐어짜내 포위망을 뚫고 몇 명 안 되는 부하들과 함께 일단 그곳에서 도망쳤다.

한편, 유비도 작은 성채로는 여포의 대군을 맞아 싸우기가 심히 어려웠다. 결국 여포군이 성안으로 밀어닥쳤고, 성안의 병사들은 당황하며 도망치기 바빴다. 유비가 '싸우라!'고 몇 번이나 고함을 치다가 일이 잘못된 것을 알고 그대로 성을 빠져 나가 도망치는데 곁에는 단 한 명의 병사도 없었다.

유비는 지름길을 따라 허도 쪽으로 달려가기 시작했다. 그날 밤에는 사냥꾼의 집에서 신세를 지고, 다음 날 아침 일찍 발걸음을 재촉하고 있는데 앞쪽에 엄청난 흙먼지를 일으키며 대군이 달려오고 있었다. 조조의 본대였다.

"우리들이 왔으니까 이제 안심하게나."

유비로부터 전후사정을 자세히 듣고, 조조는 고개를 끄덕이며 전혀 걱정이 안 된다는 표정으로 유비를 위로해 주었다.

조조는 조인에게 5천 명의 병력을 주어 선봉대로 삼아 유비와 함께 하비성과 소패성 사이에 있는 수관으로 보내고 자신은 수관과 소패성 사이에 영채를 세웠다. 수관에는 진궁이 지키고 있었다. 조조의 선봉대가 육박해 온 것을 보자, 진궁은 여포에게 파발마로 알렸다.

그 무렵, 여포는 유비군을 박살내고 하비성으로 돌아와 군사를 정비하고 있다가 진궁으로부터 연락을 받자 출진하는데 진규에게 성을 지키도록 했다.

"드디어 여포놈이 망할 때가 왔다. 실수하지 말라."

진규는 아들 진등에게 은밀히 속삭였다.

"안심하십시오. 만사가 뜻한 대로 잘 될 것입니다."

진등[*]은 자신 있다는 듯이 대답하고 여포를 수행하여 수관으로 향했다.

중간쯤 되는 지점에 다다르자 진등은 여포에게,

진등과 생선회
「화타전」에 보면 진등은 여포가 멸망하고 난 후에는 등장하지 않다가 화타가 조조의 병 치료를 할 때 환자로 소개된다. 그는 생선회를 지나치게 먹어 병에 걸렸는데 약을 먹자 머리가 빨간 기생충을 석 되나 토해내고 화타의 예언대로 3년 후에 죽었다.

"조조는 계략이 매우 많습니다. 자칫 잘못하면 우리가 함정에 빠질 지도 모릅니다. 제가 먼저 수관으로 가서 우리 편과 조조군의 상황을 탐색하고 오겠습니다. 제가 돌아올 때까지 장군님께서는 기다려 주십시오."

진등은 여포를 그 자리에 머물게 하고 혼자 말을 달려 수관으로 갔다.

2

수관에 도착한 진등은 진궁에게 거짓으로 전했다.

"귀공은 얼마 안되는 적을 눈앞에 두고 어째서 출격하지 않는가? 여장군님이 화를 크게 내고 계시네."

"아니, 저기 보이는 것은 조인의 선봉대이고 뒤에는 엄청난 대군이 조조와 함께 있으니 경솔하게 나설 수가 없어 상황을 살펴보고 있는 중일세."

진궁은 변명 겸 정황을 설명했다.

"어쨌든 이곳은 우리가 굳게 지킬 테니까 여장군님께 조조의 본대를 막으라고 전해 주게나."

"그렇게 전하겠네."

대꾸는 그렇게 했지만 진등은 조조군의 상황을 탐색한다고, 그날 밤 수관에 머무르면서 밤이 깊어지자 슬며시 일어나 아무도 모르게 망루에 올라가 성 근처에 포진해 있는 조조군의 선봉대 진지를 향해 편지를 묶은 화살 하나를 쏘았다.

다음 날 아침, 진등은 진궁과 헤어져 여포가 있는 곳으로 돌아왔다.

"어떻던가?"

"아무래도 상황이 좋지 않아 보입니다."

"조조가 무엇인가를 획책하고 있던가?"

"아닙니다. 그런 것이 아니라 좋지 않은 것은 우리 쪽입니다. 진궁의 부하가 된 산적들이 배신할 것 같습니다. 자칫하면 소패성까지 위험합니다. 밤중을 이용해 조조군 몰래 수관으로 달려가 진궁을 도와주어야 할 것 같습니다."

"알았다. 그럼, 밤중에 수관으로 들어가자."

"저는 돌아가서 진궁과 사전 준비를 해 놓겠습니다. 봉화를 올린 후 성문을 열어 놓을 테니 속히 달려 오십시오."

"알았다. 봉화를 기다리마."

진등이 속으로 여포를 비웃으며 천연덕스럽게 다시 수관으로 돌아간 것은 그날 저녁 어두워질 무렵이었다. 진등은 성문 앞까지 천천히 가다가 숨을 헐떡이며 수관으로 뛰어들어가서는 큰소리로 외쳤다.

"조조의 병력이 샛길로 하비성을 치러 갔다. 하비성이 위태롭다.

밤이 깊어지면 약간의 수비병만 남겨놓고 진궁은 병사를 이끌고 속히 돌아오라는 여장군님의 명령이다."

진궁은 하비성이 위험하다는 데 깜짝 놀라 병사들을 중무장시키고 어둠이 깊어지자 수관을 나서 하비성 쪽으로 급히 달려갔다.

그때 진등은 성루에 올라가 신호의 봉화를 올렸다. 그날 밤 달이 없었으므로 봉화불은 멀리서도 잘 보였다.

"봉화다. 수관으로 가서 진궁을 도와라!"

여포가 병력을 이끌고 수관으로 향해 달려갔다. 얼마 후 수관에서 나와 하비성으로 향하는 진궁의 군사와 여포의 군사가 마주쳤다.

"조조의 졸개들이로구나. 물러서지 말고 용감하게 싸워라!"

진궁쪽에서도,

"조조군이 틀림없다. 어서 물리치고 하비성을 구하러 가자!"

하고 무작정 돌격하여 짙은 어둠 속에서 격렬한 싸움이 시작되었다.

한편, 조조의 선봉대는 역시 봉화를 보고 수관 성문으로 달려갔다. 봉화가 올라가면 성문을 열어 놓을 테니 서둘러 공격을 개시하라는 어젯밤 진등의 화살 편지가 있었기 때문이었다. 수관에 남아 있던 수비병들은 순식간에 전멸했다.

결국 봉화불 하나가 양쪽의 운명을 갈라놓은 셈이었다.

그 무렵 한참 싸우는 도중 이상한 낌새를 느낀 여포는,

"잠깐 기다려라. 뭔가 이상하다!"

하고 부하들을 서둘러 제지했다.

"아! 우리 편이다. 싸움을 멈춰라!"

여포와 진궁은 같은 편끼리 싸우고 있다는 것을 겨우 깨달았다. 여기저기서 횃불을 밝히고 보니 상황이 처참했다.

"어떻게 이런 불상사가 일어났는가!"

여포는 창백한 얼굴로 겹겹이 쓰러진 자기 병사들의 시체를 바라보았다. 모두 자신이 베고 찌른 자들이었다.

"진등, 그놈에게 속은 것입니다."

하고 진궁은 침통한 표정으로 입술을 깨물었다.

"우선 소패성으로 가자!"

여포와 진궁은 나머지 병사를 이끌고 소패성으로 향했다. 동쪽하늘이 희끄무레 밝아오기 시작했다. 여포와 진궁이 성문에 가까이 다가간 순간, 성벽 위에서 그들을 향해 화살을 마구 쏘아댔다.

"장료와 고순! 나다. 빨리 성문을 열어라!"

여포가 고함을 치자 성루 위에 나타난 것은 의외로 유비의 가신 미축이었다.

"아니?"

"이 성은 본디 우리 유공의 것이다. 너 같은 놈은 들여보낼 수 없다."

여포는 화가 불같이 일어나 소리쳤다.

"진등은 어디 있느냐? 그 놈을 내놓아라!"

그 소리에 대답하듯이 진규가 성루에 모습을 나타냈다.

"여포야! 이젠 단념해라. 서주 땅 어디에도 네가 있을 곳은 없다."

진규는 비웃으며 성벽의 좌우 병사들에게 공격하라는 신호를 보냈다.

다시금 화살이 비오듯이 쏟아져 내렸다.

"이렇게 된 이상 하비성으로 돌아갈 수 밖에 없습니다."

이를 갈면서 분해하는 여포를 잡아 끌다시피 하여 진궁은 하비성으로 서둘러 달려갔다.

도중에 허둥대며 달려오는 고순과 장료를 만났다.

"그대들은 어디 갔다가 오는 길인가?"

두 사람은 원래 소패성을 지키고 있어야 했다.

"장군님이야말로 어떻게 된 것입니까?"

고순과 장료가 오히려 되물었다.

"너희들은 왜 소패를 지키지 않았느냔 말이다"

하고 여포가 소리쳤다.

"저희들은 새벽 무렵에 진규가 와서, '여장군님이 수관에서 조조군에게 포위되었다. 즉시 구원하러 가지 않으면 위험하다'고 하여 서둘러 달려갔다가 복병을 만나 크게 당하고 돌아오는 길입니다만……."

"이놈, 진등과 진규! 결코 놈들을 살려두지 않겠다!"

여포는 더는 참을 수 없었던지 이를 부드득 갈았으나 이미 어찌할 방법이 없었다. 결국 여포는 아무 성과없이 하비성으로 돌아갔다.

그때, 조조는 수관에 입성하여 첫 접전에서 대승을 거둔 노고를 위로하고자 연회를 열어 치하함과 함께 진등의 활약을 칭찬하고 은상(恩賞＝공을 기리어 합당하게 주는 상)을 듬뿍 내렸다.

이튿날이 되자 조조는,

"여포는 이미 독 안에 든 쥐나 마찬가지다. 여기서 숨통을 끊어 놓지 않으면 나중에 두고두고 후회하게 된다."

하고 유비와 함께 대군을 이끌고 하비성으로 향했다.

하비성은 주위 해자가 강으로 되어 있어 지키기에는 쉬우나 공격하기가 참으로 어려운 성이었다.

하비성으로 밀어닥친 조조의 대군은 성을 포위하고 사방의 요소요소에 진을 쳤다. 하지만 병사들의 움직임은 어딘지 모르게 활기가 없었다.

이 모습을 지켜보던 진궁이,

"조조의 병사들은 쉬지 않고 연이은 싸움으로 꽤 지쳐 있는 것 같습니다. 이 기회를 놓치지 말고 우리가 기습하여 치고 나가면 틀림없이 격파할 수 있을 것입니다."

하고 여포에게 권했다.

"옳은 말이다. 내가 봐도 분명히 그렇다."

고개를 끄덕인 여포는 곧 내실로 들어가 출진 준비를 했다.

이것을 보고 아내가 물었다.

"또 성 밖으로 출진을 하십니까?"

"응, 조조를 쫓아버리고 오겠소."

"그만 두세요. 당신에게 만일 어떤 일이 생긴다면 우리들은 어떻게 됩니까? 하비성은 견고하니까 성안에서 수비하는 편이 안전합니다."

아내는 여포에게 매달려 눈물을 찔끔찔끔 흘렸다.

"걱정하지 마오. 조조의 병사들은 지쳐 있다고 진궁도 말했소. 내가 봐도 그렇고……. 이 기회를 놓치지 않고 공격한다면 승리는 확실하오."

"진궁의 말은 정말로 믿을 수가 없습니다. 그 사람은 옛날에 조조의 목숨을 살려 주었다고 하잖습니까? 당신이 패해도 조조에게 매달리면 진궁은 용서를 받을 수 있습니다. 그러니 무슨 말이든 쉽게 할 수 있는 것입니다."

"……."

여포는 한동안 잠자코 있다가 이윽고 무장을 풀었다.

"알았소, 출진을 그만두고 성을 지키겠소."

여포는 그렇게 대답하고 밖으로 나가 진궁에게,

"내가 곰곰이 생각해 보니, 치고 나가기보다는 농성하면서 방비를 튼튼히 하는 편이 상책일 것 같네."

하고는 아무 일도 없었다는 듯이 태평한 얼굴이었다.

"그렇습니까?"

진궁은 여포의 표정을 보자, 원래 마음이 수시로 바뀐다는 걸 아는 터라 더 이상 말하지 않고 낙담한 모습으로 물러났다. 하지만 진궁은 어깨를 떨구고,

"이제 우리는 여기서 개죽음을 당하게 생겼구나."

하고 어두운 표정으로 한숨을 내쉬었다.

그 후 여포는 좋은 기회가 생겨도 치고 나가려 하지 않고 아내와 초선을 상대로 술좌석을 벌이며 세월 좋게 지냈다. 물론 여포도 마음이 편한 것만은 아니었다.

그러던 어느 날, 거울에 자신을 비추어 보던 여포는 아연실색했다. 얼굴색은 황달 걸린 사람처럼 누렇게 뜨고 눈이 쑥 들어가고 머리칼 여기저기 흰 것이 섞여 있었다.

'안 되겠다. 주색에 너무 빠져 있었던 탓이다. 오늘부터 술과 여자를 끊자!'

그렇게 결심한 여포는 자기뿐만 아니라 성안의 모든 병사들에게 금주령을 내리고, 명령을 어긴다면 참수형에 처한다고 으름장을 놓았다.

3

그로부터 며칠이 지나서였다. 여포의 부하 장수 중 후성(侯成) 이라는 인물이 있었는데 수십 마리의 말을 훔쳐 조조 진영으로 도망 치려던 병사를 붙잡았다.

여러 장수들이 이 일을 축하하러 왔다. 후성은 술을 대접하고 싶 었으나 여포의 명령도 있고 해서, 일단 여포에게 술 한 독을 보내 설 명했다.

"말 도둑을 붙잡아 큰 손실을 막았습니다. 이는 오로지 장군님 의 위광 덕분입니다. 저희들은 몹시 기쁩니다. 축하의 술 한 잔 드 십시오."

후성의 술독을 받은 여포는 얼굴색이 확 달라졌다.

"이놈, 말단 장수 주제에 내 명령을 무엇이라 생각하고 있는 게 야? 얘들아, 후성 녀석을 잡아와라! 목을 베어야겠다!"

하고 핏대를 올리며 좌우 부하들에게 명했으나, 여러 부장들이 용서를 빌며 만류했기 때문에 후성은 몽둥이 50대를 맞고 피투성이 가 되어 풀려났다.

주위의 부축을 받아 겨우 집으로 돌아온 후성은,

"여포란 인물에게 정나미가 뚝 떨어졌네. 억울해서 이대로는 못 있겠네. 나는 조조에게 항복하러 가겠네."

하고는 평소 친하게 지내던 송헌과 위속에게 눈물을 흘리며 털어

놓았다.

송헌과 위속도 여포의 독선적인 행동에 울분을 느끼고 있었던 참인지라 번갈아 고개를 끄덕였다.

"이렇게 된 이상 여포를 포박해 조조에게 넘겨주는 게 어떻겠나?"

세 사람은 은밀하게 다음 행동을 의논했다.

그날 밤, 어둠을 틈타 후성이 마구간으로 숨어 들어가서 적토마를 훔쳐내 동문으로 달려갔다. 기다리고 있던 위속이 성문을 열어 후성을 도망치게 하고 뒤쫓아 가는 시늉을 했다. 후성은 적토마와 함께 조조의 진영으로 도망치는 데 성공했다.

이튿날 이른 아침, 갑자기 천지를 진동시키는 듯한 함성소리가 터져 나왔다. 깜짝 놀란 여포가 성벽으로 올라가 보니 조조의 대군이 엄청나게 밀려오고 있었다. 여포는 방천화극을 들고 성벽으로 올라오는 조조군을 베고 찌르며 숨쉴 틈도 없이 무찔렀다.

싸움은 한낮까지 치열하게 계속되었고 오후 늦게서야 멈추었다. 조조군이 일단 물러났기 때문에 여포는 성루에서 휴식을 취할 수 있었다. 오랜만에 격렬히 싸운 탓인지 여포는 지쳐 의자에 앉아 꾸벅꾸벅 졸기까지 했다. 이때 발소리를 죽이며 성루로 올라온 위속과 송헌이 여포 곁에 세워 놓은 방천화극을 집어 들었다.

인기척에 여포가 퍼뜩 잠이 깬 순간, 위속이 여포에게 덤벼들어 송헌과 힘을 합쳐 새끼줄로 꽁꽁 묶어 버렸다.

"여포를 생포했다!"

송헌은 성루 위에서 방천화극을 아래로 떨어뜨리며 소리쳤다. 조조군은 이 무기를 보고 여포를 붙잡았다고 믿었다.

위속이 성문을 열어 주자, 조조군이 성안으로 쏟아져 들어왔다. 여포 군은 맥없이 항복했다. 고순과 장료는 서문에서 붙잡혔고, 진궁은 남문까지 도망쳤으나 서황에게 붙잡히고 말았다.

이윽고 조조가 하비성에 입성했다. 동문의 백문루* 에 유비와 함께 자리잡고 앉은 조조는 생포한 자들을 끌어오게 했다.

우선 여포가 끌려 왔다. 온몸이 새끼줄로 꽁꽁 묶여 숨도 제대로 쉬지 못하는 모습이었다.

"제발 부탁이다. 새끼줄을 조금만 느슨하게 해 다오!"

여포는 큰소리로 악을 썼다.

"호랑이를 묶으려면 그 정도는 되어야지."

조조는 여포를 비웃으며 싸늘하게 내뱉고는 상대하지 않은 채 뒤이어 끌려 온 진궁에게 말을 걸었다.

"진궁, 오래간만이군. 지금쯤은 그 옛날 나에게서 떠나간 것을 후회하고 있겠지?"

"나는 너를 가망 없다고 여긴 점을 조금도 후회하지 않는다."

진궁은 차가운 눈으로 조조를 노려보았다.

"그렇다면 어째서 배신을 밥먹듯 하는 여포를 따랐는가?"

"여포는 어리석지만 너처럼 냉혹하고 음험하지는 않다."

"하지만 지금 너는 새끼줄에 묶여 내 눈앞에 있다. 역시 나를 따라오지 않았던 것은 잘못이 아니었을까?"

"여포가 내 말을 조금만 더 들어주었더라면 이런 일은 결코 일어나지 않았다. 하지만 더 따져 무엇 하겠는가? 어서 빨리 나를 죽여다오!"

"너에게는 늙은 어머니와 처자식이 있잖은가? 네가 죽으면 누가 보살펴 주겠느냐?"

조조는 작은 핑계거리라도 만들어 멀리 쫓아버리는 형식으로 진궁을 살려주고 싶었다. 그래서 부모와 자식을 운운하여 진궁이 마음을 바꿔 살려달라고 애원할지도 모른다고 짐작하여 떠본 것이었다.

그런데 조조의 지적에 진궁은 말없이 눈물을 뚝뚝 흘리더니 한참이 지나서야 젖은 눈으로 조조를 바라보았다.

"늙으신 어머님과 처자식에 대해서는 귀공의 온정에 매달릴 수밖에 없겠지. 그러나 나는 주인을 잘못 택한 죄가 너무 많다. 죄값은 받아야 한다. 어서 목을 쳐라."

진궁은 그렇게 말하고는 몸을 돌려 '뚜벅뚜벅' 돌계단을 내려가 형리 앞에 무릎을 꿇고 고개를 내밀었다.

백문루(白門樓)

하비성의 남문 위에 있는 누각. 조조·유비 연합군에게 패한 여포가 처형당한 곳으로 유명하다. 이곳에서 여포가 목숨을 살려 달라고 구걸한 일은 '백문루의 여포'라고 하여 목숨을 아까워 하는 고사로 전해진다.

조조는 진궁의 의연한 자세에 더 이상 말한다는 것은 오히려 상대를 모욕하는 것이라 여겨 형리에게 처형하라는 표시로 고개를 끄덕여 보이고는,

"진궁의 늙은 어머니와 처자식을 허도로 올려 보내서 안락한 생활을 할 수 있도록 즉각 수배하라. 우물쭈물하여 지체되면 누구든지 가만두지 않겠다!"

하고 명하고, 그때까지와 전혀 다른 냉랭한 얼굴로 여포에게 눈을 돌렸다. 조조의 눈빛에는 무섭도록 싸늘한 기색이 역력했다. 여포는 사정하기 시작했다.

"조장군님, 목숨만은 살려 주오. 앞으로는 장군 밑에서 충성을 바치고 천하를 위해 진력하고 싶소!"

"저렇게 애원하고 있는데, 어떻게 처리하면 좋겠소?"

조조가 유비 쪽을 돌아다보았다.

"유비님, 어떻게 해서든 날 좀 살려 주도록 중재를 잘 해 주시오. 부탁을 들어주시면 귀하가 시키는 일은 무엇이든지 하겠소."

여포는 부끄러움이고 체면이고 없이 털썩 주저앉아 이마를 땅바닥에 비벼대며 하소연했다.

유비의 표정도 싸늘했다.

"정원이나 동탁을 벌써 잊으셨습니까? 승냥이를 살려 두었다가는 반드시 발뒤꿈치를 물려고 덤빌 것입니다."

유비가 미간을 찌푸리며 대답하자 여포는 본색을 드러내며,

"이 귀 큰 쌍놈 같으니라구! 진문에서 화극을 쏘아 맞춰 살려준 일을 잊었단 말이냐!"

하고 입에 거품을 물고 유비를 비난했으나 형리에게 질질 끌려 내려가 참수형에 처해졌다. 일대의 효웅, 여포는 이렇게 해서 역사의 무대에서 사라졌다.

고순의 목이 잘리고, 최후에 장료가 끌려 나왔다.

그러자 유비 뒤에 서 있던 관우가 앞으로 나오더니 조조 앞에 무릎을 꿇고 사정했다.

"이 사람이 참다운 용사라는 것은 제가 잘 알고 있습니다. 부디 목숨만은 살려 주셨으면 합니다."

조조는 관우의 소원을 들어주어 장료를 용서하고 부하로 삼았다.

그리고 나서 조조는 진궁의 시신을 잘 염하여 정중히 장례를 지내 주라고 명하고는 여포를 비롯한 나머지는 짐승밥이 되도록 벌판에 버리라고 했다. 배신자의 상징, 여포는 죽어서도 대접을 받지 못하고 버려졌다. 평생 해 온 짓이 더러웠기에 그의 죽음이나 짐승밥이 된 일에 애석하게 여기는 사람은 아무도 없었다.

조조는 심복 차주를 군정관으로 임명하여 서주를 다스리라고 명령했다.

'내게 기회는 오지 않는구나.'

유비는 여포를 잡았을 때부터 속으로 '서주 땅을 다스릴 기회가 왔으면' 하고 바라고 있었다. 지난번에는 조정에서 정식으로 자신을 서주목에 임명하기도 했었다. 하지만 조조는 유비의 생각을 아는지 모르는지 아무런 내색도 하지 않았다.

　허도로 개선하는 조조군 대열 속에서 유비는 마치 자신의 영지를 잃어버렸다는 착잡한 감정에 빠져 있었다.

〈2권으로 계속〉

　이 책의 원본은 정식으로는 「삼국지연의」 또는 「삼국지 통속연의」인데, 14세기 후반에 쓰여진 중국의 역사 소설입니다. 저자는 원나라 말기에서 명나라 초기까지 활동한 나관중이라는 희곡작가입니다. 그는 없었던 일을 소설로 꾸민 것이 아니라 후한(後漢) 말에 일어난 황건적의 난(184년)으로 시작해서 수많은 군웅들이 싸움을 되풀이한 다음에 위나라, 오나라, 촉나라의 3국이 성립되고, 다시 3국이 진나라로 통일될 때(280년)까지 약 100여 년에 걸친 역사적 사실을 바탕으로 허구의 재미를 붙여 소설을 쓴 것입니다.

　사실 「삼국지」라고 불리우는 책은 삼국지연의보다 훨씬 이전에 쓰인, 문자 그대로 삼국지라는 이름의 역사책인데, 이 두 삼국지 사이에는 1,100여 년 가까운 시간의 차이가 있습니다.

　역사서 삼국지는 정사(正史＝왕조의 정식 역사서)로 인정되는 책인데 『위지』, 『촉지』, 『오지』 하는 식으로 위·촉·오 3국의 역사가 나라별로 정리되어 있습니다.

　역사서 삼국지를 쓴 사람은 촉나라 출신인 진수라는 역사가입니다. 이 책은 명저라고 일컬어졌으나 너무나도 간결하여, 후에 배송지라는 학자가 많은 사료를 섭렵하여 갖가지 에피소드를 주석으로 추가했습니다. 이것이 오늘날에 전해지는 역사서 삼국지입니다.

　역사서 삼국지는 3국 가운데 조조가 세운 위나라를 한나라에 이어지는 정통 왕조로 다루고 있습니다. 그렇지 않다면, 위나라를 계승한 진나라가 정통이 아니게 되기 때문입니다. 그 때문에 역사서 삼국지에서는 조조(나중에 위무제)나 위나라의 역대 군주들에 대하여 결코 나쁘게 기록하지 않았습니다.

　이에 반해서 소설 삼국지에서는 촉나라의 유비를 한나라의 정통 후계자로 삼고, 조조는 한나라 조정을 괴롭히는 간웅(姦雄＝교활한 영웅)으로 묘사하고 있습니다. 어째서 이런 변화가 일어난 것일까요?

3국 시대의 사건이나 활약한 사람들의 에피소드는 역사서에 의해서 전해지고 수많은 사람들에게 알려져 전해졌습니다. 당대(618~907년)에는 두보나 두목 등이 시의 소재로 삼았고, 송대(북송 : 960~1127년, 남송 : 1127~1279년)에 와서는 민중 사이에 야담으로 번져 시장 같은 곳에서 마치 오늘날 영화 상영을 하듯이 많은 사람을 모아놓고 삼국지에 대한 이야기를 하게 되었습니다. 그리고 원대(1271~1368년)에는 그림이 들어간 삼국지 이야기가 출판되고, 연극도 상연하게 되었습니다.

이렇게 해서 삼국지의 이야기는 민중에게 인기를 얻게 되었는데, 이에 따라 이야기의 전개나 등장하는 영웅들의 활약상이 달라지게 되었습니다. 민중이 약자 유비나 관우, 장비, 공명(이 책의 시리즈에서는 제2권 이후에 등장) 등의 활약에 갈채를 보내고, 강자 조조를 미워했기 때문입니다. 이는 문약한 시대일수록 강하고 힘센 자를 미워하고, 약하면서도 정이 많은 자에게 쏠리는 민중심리가 있는 것과 맥을 같이 합니다.

한편, 지식인들 사이에서는 촉나라를 세운 유비를 한나라의 정통 후계자로 보는 남송의 철학자인 주자의 생각이 커다란 영향을 미치고 있었습니다. 남송은 국력이 약해서 이민족의 나라인 금나라에 억압을 받고 있었습니다. 그래서 비슷한 상황의 금나라를 위나라, 남송을 촉나라에 비유하고 촉나라가 정통적인 왕조라고 했던 것입니다.

나관중이 살았던 원나라는 한족(漢族) 왕조가 아니라 칭기즈칸의 몽고족이 지배하던 시대였습니다. 주자사상의 영향을 받은 나관중은 민중 속에 퍼진 삼국지 이야기나 인물상을 촉나라를 정통으로 삼는 입장에 서서 새롭게 재파악하여 한족(漢族)의 독립정신을 고양시키고자 역사 소설로 만들어 냈습니다. 삼국지

연의에서 '연의' 란 사실을 알기 쉽고 재미있게 기술한다는 의미입니다. 그러나 나관중이 어떤 사람이었는지 그 생애에 관한 자세한 사항은 알 수가 없습니다. 태어난 해도, 사망한 해도 미상입니다. 다만 원대 말에서 명대 초에 걸쳐서 살았던 사람이고 잡극이라고 불리우는 연극의 대본을 쓰는 작가였다는 것 정도는 알려져 있습니다. 「삼국지연의」 외에 「수호지」를 썼다고 합니다.

또한 「삼국지연의」는 역사서 삼국지에 쓰인 사실을 상당 부분 다르게 쓰고 있다는 점을 무시할 수가 없습니다. 재미있게 읽도록 하기 위해서는 사실을 부풀리고, 때로는 허구를 섞을 필요도 생기겠지요. 나관중은 갖가지 수법을 사용하여 이것을 이루어 냈습니다.

예를 들면, 역사적 사실의 앞뒤를 뒤바꾸거나, 서로 다른 사항을 하나로 합치거나, 어떤 사람이 한 것을 다른 사람이 한 것으로 만들거나, 사실에는 없는 사항을 완전하게 허구로 날조하는 등 사실 속에 허구를 배합하는 그 수법이 다양합니다. 그 때문에 삼국지연의는 「7부는 사실, 3부는 허구」라고 예부터 말해지고 있습니다. 즉, 전체의 70%는 사실이고 30%는 허구라는 말입니다.

나관중은 그냥 재미있게 만들기 위해서만 위와 같은 수법을 쓴 것은 아닙니다. 작품을 관통하는 커다란 테마를 보다 효과적으로 부각시키기 위해서였습니다.

후한 말기, 세상은 혼란할 대로 혼란스러웠습니다. 조정은 부패 무능하고 각지에 영웅들이 할거하여 세력을 휘두르고, 서로 싸움을 되풀이하면서 패권을 노리고 있었습니다. 패권을 잡는다는 것은 세상을 자신의 지배 하에 놓는 것을 말합니다. 그러기 위해서는 조정을 이용하는 것이 지름길이었습니다. 후한의 조정은 부패 무능하여 쇠퇴하였지만, 전한을 합쳐 400년 가까이 계승되어 온 전통과 권위까지 완전히 사라진 것은 아니었습니다. 아니, 실권이 없는 조정은 전통과 권위만으로 겨우 존재하고 있었던 것입니다. 황제의 조칙에도 그 나름대로 무게가 있었습니다. 그래서 조정을 좌지우지하고 자신에게 유리한 조칙을 황제에게 내리게 하면 대립하는 상대방에 대해서 유리해지고, 또 두려운 상대방에게는 관위를 주어 생색을 내고 자기편으로 삼을 수도 있습니다. 그렇게 해서 천하가 자신에게 기울면, 그 이후에 그것을 물려받아 새로운 왕조를 여는 것이 중국의 왕조사입니다.

따라서 조조를 비롯하여 수많은 영웅들에게 조정은 자신의 야망을 달성하는 도구에 지나지 않았습니다. 유비는 조금 달랐지만 그렇다고 전혀 다른 것도 아닙니다. 유비는 관우와 장비와 의형제를 맺었습니다. 의형제라는 것은 피가 통하는 진짜 형제가 아닙니다. 공통의 목적을 위해서 힘을 합치기로 맹세한 사람들끼리의 굳은 결합입니다. 이 결합은 보통의 부모형제처럼 자연적인 결합이 아니기 때문에, 거꾸로 서로를 강하게 의식하게 되어 진짜 형제 이상의 유대감이 생겨납니다. 공명은 유비의 부탁을 받아들여 그 군사(軍師)가 되어 힘을 다합니다.

삼국지연의에서 「3부의 허구」는 그 대부분이 유비와 관우, 장비, 공명 등의 활약이나 인물상을 묘사하는 데 쓰였습니다. 즉, 나관중은 작품을 관통하는 테마를 부각시키기 위해서 이렇게 했던 것입니다.

하지만 역사의 진실은 이런 유비 일행의 활약에도 불구하고 조조의 위나라에 이어 사마씨의 진나라로 이어집니다.

흔히 '20대에 삼국지를 읽어라!'라고 합니다만 이 책은 그보다도 젊은 층의 독자를 위해 '알기 쉽고 재미있는 삼국지'를 목표로 재구성한 것입니다. 동시에 삼국지를 처음 읽는 사람을 위해 극적인 장면에 치중하거나 새로운 해석을 피하고, 원 줄거리의 골격과 인물을 살려가면서 각 장면을 생생하게 재현시켜 '이것이 삼국지로구나!' 하고 납득을 하도록 배려했습니다. 가슴을 울렁거리게 하는 파란만장한 영웅들의 세계 속에서 지략과 의리, 인내와 원대한 꿈같은 교훈을 음미하기 바랍니다.

전략 삼국지 **1**
난세의 젊은 영웅들

원 작 • 나관중 평 역 • 나채훈, 미타무라 노부유키
그 림 • 와카나 히토시
펴낸곳 • **(주)삼양미디어** 펴낸이 • 신재석

등 록 • 제 10-2285
주 소 • 121-840 서울시 마포구 서교동 394-67
전 화 • 02) 335-3030 팩 스 • 02) 335-2070
홈페이지 • www.samyangm.com
이 메 일 • book@samyangm.com

1판 1쇄 발행 2005년 10월 1일
1판 2쇄 발행 2006년 4월 10일
ISBN • 89-5897-010-3
          89-5897-009-X(전5권)